Papatya Kokulu Hikâyeler

Kişisel Gelişim: 89

1. Baskı: Mayıs 2014
2. - 10. Baskı: Mayıs 2014 | 11. - 20. Baskı: Haziran 2014
21. - 30. Baskı: Temmuz 2014 | 31. - 40. Baskı: Ağustos 2014

ISBN: 978-605-384-721-2
Yayıncı Sertifika No: 16238

Papatya Kokulu Hikâyeler

Hazırlayan: Ender Haluk Derince
Görsel Yönetmen: Faruk Derince
Yayın Kordinatörü: Tanıl Yaşar
İç Tasarım: Sadık Kanburoğlu

Baskı: Melisa Matbaacılık
Matbaa Sertifika No: 12088
Çifte Havuzlar Yolu
Acar Sitesi No: 4
Davutpaşa/İSTANBUL

YAKAMOZ KİTAP / SONSUZ KİTAP
Gürsel Mah. Alaybey Sk. No: 7/1 Kağıthane/İSTANBUL
Tel: 0212 222 72 25 Faks: 0212 222 72 35
www.yakamoz.com.tr / info@yakamoz.com.tr
www.facebook.com/yakamozkitap
www.twitter.com/yakamozkitap

Papatya Kokulu Hikâyeler

İÇİNDEKİLER

Ön Söz 11
Hayat Ertelemeye Gelmez 13
Büyük Bir Hata 19
Büyüyünce Ne Olacağım 27
İntihar 33
Mutluluk 39
Yaşamın Ayrıntıları 45
Bir Annenin Bekleyişi 51
İnsanlığın Yansıması 59
Yeni Hayatın Simgesi 63
Telesekreter Mesajı 71
Doğum Günü 75
Çöp Tenekesi 81
Rüyadaki Anne Kokusu 87
Sadakat Yemini 93
Son Bir Umut 101
Hayatımın Macerası 107
Sepet 115
Eski Dostlar 123
Oğlumu Görmeden Asla 131
Yoldaki Çiçekler 139
Önce Kendine İnan 143

Bir Parça Sevgi ve İnsanlık 147
Bebek Özlemi 155
Sevgiyi Vermenin Elli Yolu 167
Hayat Paylaşınca Güzel 173
Umut 179
Bir Anneden Öğütler 187
Bilgenin Devesi 193
Yüreğin İçindekiler 199
Tanınmayan Sevgi 207
Emeğin Karşılığı 215
Şefkatli Koruyucu 219
Her Anın Önemi 227
Aramızdaki Bağ 231
Unutulmayacak Gerçek 237
Hayatın Tadı 243
Bilmelisin 249
Anılar Değerlidir 255
Sabırla Büyümek 263
Boş Saksı 267
Sevgi Bedava 273
Geçmişini Unutma 279
Kadını Ne Olgunlaştırır? 285
Hayatın Özü 291
Bilinen Gerçek 297
Anne Özlemi 303
Kumdan Kale 311

Düğün Hediyesi 317
Mutlu Yıllar 325
Bilmiyordu... Başardı 331
Biletler Ne Kadar 337
Kurabiyeler Kimin 343
Göl Olmak 349

Kitabımızı hazırladığımız esnada hayatını kaybeden Nobel Ödüllü yazar Gabriel Garcia Marquez'i saygıyla anıp veda mektubunu sizinle paylaşıyoruz.

Gabriel Garcia Marquez'in Veda Mektubu

Tanrı bir an için paçavradan bebek olduğumu unutup can vererek beni ödüllendirse, aklımdan geçen her şeyi dile getiremeyebilirdim ama en azından dile getirdiklerimi ayrıntısıyla aklımdan geçirir ve düşünürdüm.

Eşyaların maddî yönlerine değil, anlamlarına değer verirdim.

Az uyur, çok rüya görür, gözümü yumduğum her dakikada, 60 saniye boyunca ışığı yitirdiğimi düşünürdüm.

İnsan aşktan vazgeçerse yaşlanır.

Başkaları durduğu zaman yürümeye devam ederdim. Başkaları uyurken uyanık kalmaya gayret ederdim. Başkaları konuşurken dinler, çikolatalı dondurmanın tadından zevk almaya bakardım.

Eğer Tanrı bana birazcık can verse, basit giyinir, yüzümü güneşe çevirir, sadece vücudumu değil, ruhumu da tüm çıplaklığıyla açardım.

Tanrım, eğer bir kalbim olsaydı; nefretimi buzun üzerine kazır ve güneşin yüzünü göstermesini beklerdim.

Gökyüzündeki aya, yıldızlar boyunca Van Gogh resimleri çizer, Benedetti şiirleri okur ve serenatlar söylerdim.

Gözyaşlarımla gülleri sular, vücuduma batan dikenlerinin acısını hissederek dudak kırmızısı taç yapraklarından öpmek isterdim.

Tanrım bir yudumluk yaşamım olsaydı...

Gün geçmesin ki, karşılaştığım tüm insanlara onları sevdiğimi söylemeyeyim. Tüm kadın ve erkekleri, en sevdiğim insanlar oldukları konusunda birer birer ikna ederdim. Ve aşk içinde yaşardım.

Erkeklere, yaşlandıkları zaman aşkı bırakmalarının ne kadar yanlış olduğunu anlatırdım. Çünkü insan aşkı bırakınca yaşlanır.

Çocuklara kanat verirdim. Ama uçmayı kendi başlarına öğrenmelerine olanak sağlardım.

Yaşlılara ise ölümün yaşlanma ile değil, unutma ile geldiğini öğretirdim.

Ey insanlar! Sizlerden ne kadar da çok şey öğrenmişim. Tüm insanların, mutluluğun gerçekleri görmekte saklı olduğunu bilmeden, dağların zirvesinde yaşamak istediğini öğrendim.

Yeni doğan küçük bir bebeğin, babasının parmağını sıkarken aslında onu kendisine sonsuza dek kelepçeyle mahkûm ettiğini öğrendim.

Sizlerden çok şey öğrendim. Ama bu öğrendiklerim pek işe yaramayacak. Çünkü hepsini bir çantaya kilitledim. Mutsuz bir şekilde...

Artık ölebilir miyim?

Ön Söz

Papatya Kokulu Hikâyeler adlı kitabı sizlere sunmaktan mutluluk duyuyoruz. Sizler için en sevdiğim, okurken yüreğimi ısıtan öyküleri seçtim ve her bir öykünün bir anlamda özünü yakaladım.

Bu kitabı ister kendinize ister armağan olarak bir arkadaşınıza, annenize, çocuğunuza almış olun; yüreğinizi her an ısıtacak, ruhunuzu harekete geçirecek ve içinizdeki kıvılcımı tutuşturacak bir kitabın elinizin altında olduğundan emin olabilirsiniz. Bu kitaptaki öykülerin tümü sizi derinden etkileyecek ve insan olmanın önemini bir kez daha anımsatacaktır size.

Yakın zaman önce yapılan bir araştırma öykülerin okundukları zaman sağlığa yararlı ve çok olumlu ruhsal tepkiler uyandırdığı ortaya çıkarılmıştır.

Okuduğunuz öyküler arkadaşlarınıza ve ailenize daha çok sevgi ve şefkatle yaklaşmanızı sağlayacak ve sıkıntılı dönemlerinizde sizi rahatlatacaktır.

Sizlere bu kitabı hediye olarak sunuyorum. Umarım sizlerin de arkadaşlarınıza verebileceğiniz güzel bir hediye olacaktır.

Ender Haluk Derince

Hayat Ertelemeye Gelmez

"Gününden faydalan, yarına güvenme."

Horace Mann

Yirmi bir senelik evlilikten sonra 'aşk ışıltısını' canlı tutmanın yeni bir yolunu buldum. Bir süre önce, başka bir kadınla çıktım ve bu aslında eşimin fikriydi. Bir gün eşim, beni çok şaşırtarak, "Biliyorum ki onu seviyorsun," dedi.

Şiddetle itiraz ettim:

"Fakat ben seni daha çok seviyorum!"

"Biliyorum ama aynı zamanda onu da seviyorsun. Ona da zaman ayırman gerekiyor."

Karımın, ziyaret etmemi istediği 'öbür kadın' on dokuz yıldır dul olan annemdi. İşimin yoğunluğu ve üç çocuğumun beklentileri nedeniyle annemi görme fırsatım pek olamıyordu. O akşam annemi yemeğe ve ardından sinemaya davet ettim. Endişelendi ve hemen, "İyi misin, her şey yolunda mı?" diye sordu.

Annem de geç saatte gelen bir telefonun veya sürpriz bir davetin mutlaka kötü bir anlamı olacağından şüphelenen tipte kadınlardandı.

"Seninle beraber ikimizin biraz zaman geçirmemizin güzel olacağını düşündüm," diye yanıtladım.

"Sadece ikimiz mi?"

Biraz düşündü ve "Çok isterim," diye cevap verdi.

O cuma, iş çıkışı onu almaya giderken kendimi biraz gergin hissediyordum. Eve vardığımda fark ettim ki o da randevumuzdan ötürü hafif gergin görünüyordu. Kapısının önünde, paltosunu çoktan giymiş bir şekilde bekliyordu. Saçlarını yaptırmıştı ve üzerinde babamla kutladıkları son evlilik yıldönümlerinde giydiği elbise vardı.

Bana melekler kadar ışıltılı bir yüzle gülümsedi. Arabaya bindiğimizde:

"Arkadaşlarıma oğlumla dışarı çıkacağımı söyledim ve gerçekten çok etkilendiler," dedi. "Randevumuzun nasıl geçtiğini duymak için sabırsızlanıyorlar."

Gittiğimiz restoran, çok şık olmasa da sevimli, sıcak ve servisin kaliteli olduğu bir mekândı. Annemse bir kraliçe edasıyla koluma girdi. Yerimize oturduktan sonra ona menüyü okumam gerekmişti; çünkü küçük yazıları göremiyordu. Ben daha menünün ortalarındayken annemin nemli gözlerle ve nostaljik bir gülüşle bana bakmakta olduğunu fark ettim:

"Eskiden, sen küçükken menüleri okuyan bendim, sense meraklı bakışlarla beni dinlerdin," dedi.

Ben de gülümseyip, "O zaman, şimdi senin rahat rahat oturma sıran ve ben de okuyarak borcumu ödeyebilirim," dedim.

Yemek boyunca muhabbetimiz çok güzeldi, sıra dışı hiçbir şey olmadı ama eskilerden ve hayatlarımızdaki yeniliklerden bahsederek kaybettiğimiz zamanın birazını telafi etmeye çalıştık. O kadar çok konuştuk ve eğlendik ki film saatini kaçırdık.

Akşam annemi bırakırken, "Seninle tekrar çıkmak isterim ama ancak bu sefer benim seni davet etmeme izin verirsen," dedi ve bir akşam tekrar buluşmakta karar kıldık.

Eve geldiğimde eşim yemeğin nasıl geçtiğini sordu:

"Çok güzeldi," dedim. "Düşünebileceğimin çok üstündeydi."

Birkaç gün sonra annem aniden ciddi bir kalp krizi sonucu vefat etti. Bu o kadar ani gerçekleşmişti ki onun için bir şey daha yapma şansım olmamıştı. Birkaç zaman sonra evime, annemle yemek yediğimiz restorandan, ödenmiş iki kişilik bir yemek faturası ve üzerine iliştirilmiş bir not yollandı:

"Oğlum, bu faturayı önceden ödedim; çünkü seninle kararlaştırdığımız randevu gününe gelemeyeceğimden neredeyse yüzde yüz emindim. Yine de iki kişilik bir yemek ayarladım; çünkü bu sefer eşinle beraber gitmenizi istiyorum. Seninle olan o günkü randevumuzun benim için ne anlam ifade ettiğini bilemezsin. Seni Seviyorum."

O esnada, 'Seni Seviyorum' demenin ve hayatta değer verdiğimiz insanlara hak ettikleri zamanı ayırmanın önemini anladım. Hayatta hiçbir şey ailenizden daha önemli değildir. Onlara hakları olan zamanı ve ilgiyi verin; çünkü böyle şeyleri erteleyip durursanız 'uygun zamanı' asla bulamayabilirsiniz.

Büyük Bir Hata

"Bilmeden yapılan hata yanlışlıktır.
Bilerek yapılan hata ise ihanettir."

B. Brecht

Adam, telaşlı, öfkeli bir hâlde eşine bağırıp çağırıyordu. Babalarının sesini duyan iki çocuk ise yataklarından kalkıp salona gelmişti. Babalarının öfkesini görünce korkuyla birer koltukta sessizce oturup kalmışlardı.

Adam, çocuklara, eşinin üzüntüsüne aldırmadan söylenip duruyordu:

"Söyledim değil mi, söyledim. Bugün toplantı olduğunu, açık mavi gömleği ütülemeni söyledim. 'Kahverengi gömlekle gidiversen ne olur'muş. Bugün sunum yapacağım, karamsar bir görüntü mü vereyim, dinleyenlerin içi kararsın, bu da projeye verecekleri oyu etkilesin! Bunu mu istiyorsun?"

Aceleyle mavi gömleği ütüleyen eşi, "Tamam, bitti işte," deyince adam gömleği hışımla aldı ve "Bitti, tabii bitti ama ben geç kaldıktan sonra bitmiş neye yarar," dedi dinmek bilmeyen öfkesiyle.

Kadın, çocukların korkmuş yüzlerine baktıktan sonra yine eşini sakinleştirmeye çabaladı:

"Dün bundan da geç çıkmıştın, vakit var, yetişirsin."

"Anlamıyor ki, anlamıyor ki... Bugün sunumu ben yapacağım. Herkesten önce gitmeliyim ki gelecek önemli konuklara, 'Hoş geldin,' demeliyim..."

Adam daha bir sürü söz söylenerek, bağırarak çıktı, arabasını çalıştırıp uzaklaştı.

Kadın, direksiyon başında da öfke saçan eşinin hâlinden endişelendi ve 'Bir kaza yapmasa bari,' diye düşündü.

Eşi uzaklaşınca çocuklarının yanına giderek, onlara sarılıp rahatlatmaya çalıştı:

"Madem erkenden kalktınız, hemen size sultanlara layık bir kahvaltı hazırlayıp getireceğim."

Mutfağa geçti, zihnindeki huzursuzluğu dağıtmak için hemen neşeli müzikler çalan bir radyoyu açtı. Ocağa haşlamak için yumurta koydu, cezvede süt ısıtmaya başladı. Masaya zeytin, peynir, reçel koymayı da ihmal etmedi. Biraz sonra çocuklarına seslendi:

"Kahvaltınız hazır!"

Çocuklar kahvaltıya otururken radyoda müziğin birden kesilmesi dikkatini çekti. Son dakika haberi anonsuyla radyonun sesini biraz daha açtı. Radyoda zincirleme bir kaza haberi vardı. "Ayrıntılarla biraz sonra birlikte olacağız," demişti spiker ama kazanın yerini söylediği andan itibaren o sandalyesine yığılıp kalmıştı.

Spikerin bahsettiği kaza yeri, kocasının her gün işe giderken geçtiği dörtlü kavşaktı. Eşinin bu kavşaktaki trafikten şikâyet etmesi, her sabah yoğun bir trafik olduğunu söyleyişi aklına geldi. "Geç kaldım diye acele edip, acaba o da..." Aklına gelen düşünce içini daha da yaktı, hemen ayağa kalktı.

"Çocuklar, unutmayın ocağa yaklaşmak yasak. Kahvaltınızı yapıp salona geçin, oynayın. Benim acil bir yere uğramam gerek, kapıyı da kimseye açmayın, tamam mı?"

Çocukları uslu, söz dinler olduğu hâlde, onları çok kısa süreli de olsa evde yalnız bırakmak zorunda kalsa tekrar tekrar tembihte bulunurdu.

Sokağa çıkmak için üzerine bir şeyler, cebine de bir taksi parası aldı. Kapıya yöneldiğinde kocasının bu kazada ölmüş olabileceği endişesiyle kabaran yüreğine daha fazla dayanamayıp, ağlamaya başlamıştı. Gözyaşlarını çocukları görmesin diye, açık olan mutfak kapısına sırtını dönmeye özen gösteriyordu.

İçindeki acının kocasının ölmüş olma ihtimali kadar, giderken kendisini kırması ve çocuklarının önünde bağırıp çağırmasından da kaynaklandığını anladı. Oysa her zaman böyle öfkeli değildi. 'Eğer ölürse, çocuklarım babalarını, son gördükleri hâliyle mi hatırlayacak? Kalp kıran, öfkeli bir baba olarak mı kalacak akıllarında?' diye düşündü.

Kapıdan çıkarken çocuklarına bir kez daha seslenecekti ama artık akan gözyaşları gizlenemeyecek hâldeydi. Hemen kapıyı açıp dışarı çıkmak için hamle yaptı ama karşısında kapıya doğru adım atmakta olan kocası vardı.

Adam, bir an karısının ıslak yanaklarına bakıp, "Haberleri mi dinledin?" diye sordu.

Eşi, konuşamadan sadece başıyla onayladı. Adam eşine sıkıca sarıldı ve sonra da yanaklarından süzülen gözyaşlarını sildi.

Kadın zorlukla sordu:

"Hani önemli bir toplantına geç kalmıştın, niye döndün?"

"Kaza benim hemen yakınımda oldu. O anda toplantıdan daha önemli bir şeyi unuttuğumu hatırladım. Eğer o kazada ölseydim..."

O anda çocuklar da yanlarına gelmiş, babalarının yine öfkeli olabileceğini düşünerek, annelerinin yanında durmuştu. Adam, bütün içten, samimi gülümsemesiyle çocuklarını yanına çağırdı, boyunlarına sarıldı, yanaklarından öptü.

"Ben bugün büyük bir hata yaptım ve evden çıkarken sizleri ne kadar sevdiğimi söylemeyi unuttum. Böyle önemli bir şey unutulur mu hiç! Ne yapalım, ben de geri döndüm."

Sustuğun
hiçbir cümleden, konuştuğun
kadar pişman olamazsın.

Büyüyünce Ne Olacağım

"Dünyada bir tane dahi çocuk mutsuz olduğu sürece, büyük icatlar ve ilerlemeler yoktur."

Albert Einstein

Annesi, lösemiyle savaşan altı yaşındaki oğluna bakarken dalıp gitmişti. Kalbi, acı içinde olmasına rağmen, kararlılık duygusunun da etkisini hissediyordu. Her ebeveyn gibi o da oğlunun büyümesini ve umutlarını gerçekleştirmesini istemişti. Ama bu, artık mümkün değildi. Löseminin buna fırsat tanıması olası değildi. Oysa oğlunun hayallerini gerçekleştirmesini istiyordu.

"Bob! Büyüyünce ne olmak istediğini hiç düşündün mü? Hayatında neler olmasını dilediğin ve hayal ettiğin oldu mu?" diye sordu.

Bob beklemeden cevap verdi:

"Anneciğim, ben büyüyünce hep itfaiyeci olmak istedim."

Anne de gülümsedi ve:

"Dilediğini gerçekleştirebilecek miyiz, bir bakalım," dedi.

Daha sonra, Arizona'daki itfaiye müdürlüğüne gitti ve itfaiyeciler ile tanıştı. Onlara oğlunun son isteğinden söz etti ve oğlunun itfaiye arabasına binip, şehirde küçük bir tur atmasının mümkün olup olmadığını sordu.

"Bundan daha iyisini de yapabiliriz," dedi itfaiyecilerden biri. "Eğer oğlunuzu çarşamba sabahı saat yedide hazır ederseniz, onu o gün şeref konuğu yapar, itfaiyeci kimliğine büründürürüz. Bizimle itfaiye müdürlüğüne gelir, bizimle yemek yer, yangın söndürmeye gelir. Hatta bize ölçülerini verirsen, ona üzerinde Arizona itfaiyecilerinin sarı renk üzerine işlenmiş ambleminin olduğu gerçek bir itfaiyeci kostümü diktirir, lastik botları ısmarlarız."

Üç gün sonra, itfaiyeci Bob'u aldı, ona elbiselerini giydirdi ve hasta yatağından itfaiye arabasına kadar eşlik etti. Bob, itfaiye arabasına kuruldu ve müdürlüğe doğru yol almaya başladı. Kendini çok mutlu hissediyordu.

O gün Arizona'da tam üç yangın ihbarı olmuştu. Değişik itfaiye arabalarına, hatta itfaiye müdürünün özel arabasına da binmişti. Yerel televizyonlar da onu izleyip çekmişlerdi. Hayallerinin gerçek olması, gösterilen sevgi ve ilgi, Bob'u o kadar etkilemişti ki, doktorların söylediğinden tam üç ay daha fazla yaşamıştı. Bir gece bütün yaşam belirtileri dramatik bir şekilde yok olmaya başlayınca, hiç kimsenin yalnız ölmemesi gerektiğine inanan başhemşire aile bireylerini hastaneye çağırdı. Daha sonra Bob'un itfaiyede geçirdiği günü hatırladı ve itfaiye müdürlüğüne telefon açıp, Bob'un bu dünyaya veda ederken yanında, özel kıyafetleri içinde bir itfaiyecinin bulundurulmasının mümkün olup olmayacağını sordu. İtfaiye müdürü:

"Bundan daha iyisini de yapabiliriz. Beş dakika içinde oradayız. Yalnız, acaba bize bir iyilik yapar mısınız? Sirenlerin çaldığını duyduğunuzda, yangın olmadığı anonsunu yaptırabilir misiniz? Sadece itfaiyecilerin önemli bir meslektaşlarını ziyarete geldiklerini söyleyiniz ve lütfen onun odasının penceresini açınız?" diye yanıtladı.

Yaklaşık beş dakika sonra çengel ve merdiven taşıyan kamyonet ulaştı. Merdiveni açtı ve Bob'un üçüncü kattaki odasına yaklaştı. Tam on dört itfaiyeci Bob'un odasına tırmandılar. Annesinin izniyle onu kucakladılar ve ona, onu ne kadar sevdiklerini söylediler. Ölümle pençeleşen Bob itfaiye müdürüne baktı ve:

"Efendim, ben şimdi gerçekten itfaiyeci miyim?" diye sordu.

"Bundan şüphen mi var Bob?" diye yanıtladı müdür.

Bu kelimelerden sonra Bob gülümsedi ve gözlerini sonsuza dek kapattı.

Belki unuttunuz, belki hatırlayamıyorsunuz, belki de çok duygusuz, çok katı oldunuz; ama bilin ki hayat sevgi ve umut saçmaktadır. Eğer bunu okuyunca gözleriniz dolmuyorsa sizin için yapılacak bir şey kalmamış demektir. Yok eğer doluyorsa, o zaman sevdiklerinizin kıymetini bilin ve gerçek sevginizi ortaya koyun, lütfen.

İntihar

"Ecel gelirse, mızrak zırhı deler."

Şeyh Sadi Şirazi

23 Mart 1994'te Ronald Opus'un cesedini inceleyen adli tabip, onun kafasından yediği kurşunla öldüğü sonucuna vardı. Ronald Opus, on katlı bir binanın tepesinden, intihar niyetiyle aşağıya atlamıştı. Umutsuzluğunu, geride bıraktığı bir notta açıklıyordu. Ancak, dokuzuncu katın önünden geçerken pencereden gelen kurşun başına isabet etmiş, hayatı bu kurşunla sona ermişti.

Apartmanın sekizinci kat penceresi düzeyinde cam silicileri korumak için konulmuş bir ağ vardı; ama bu ağın varlığını ne silahı çeken ne de müteveffa Ronald Opus biliyordu. Açıkçası, kurşun olmasaydı, Opus'un intihar girişimi başarılı olamayacak; zemine çakılmadan, sekizinci kattaki ağa takılıp kalacaktı.

Opus'un dokuz kat aşağıda yere çakılmayıp da dokuzuncu kattan düşüyor olduğu anda başına gelen kurşunla vurulmuş olması, yere çakılmış olsaydı, muhtemelen onun ölüm sebebini intihardan cinayete çevirmeyecekti. Fakat, Opus'un intihar girişiminin başarılı olamayışı, savcıyı elinde bir cinayet vakası olduğu düşüncesine itti.

Silahın patladığı dokuzuncu kattaki odada yaşlı bir adam ve karısı yaşıyordu. Tartışıyorlardı ve adam kadını silahla tehdit ediyordu. Öyle sinirlenmişti ki, tetiği çekti fakat mermi kadını ıskalayarak pencereden dışarı yöneldi ve Opus'a isabet etti. Bir insan A şahsını öldürmeye teşebbüs eder fakat B şahsını öldürürse, o B şahsını öldürmekten suçlu sayılmalıydı. Savcının ulaştığı sonuç buydu. Dolayısıyla, dokuzuncu kattaki yaşlı adam, cinayetten suçluydu. Bu suçlamayla karşı karşıya kaldığında, adam da, karısı da çok şaşırdılar. Çünkü, tetiği çekerken adam da, karısı da silahın dolu olmadığından kesinlikle emindiler. Yaşlı adam uzunca bir süreden beri boş silahla karısını korkutmayı alışkanlık haline getirmişti. Bunu karısı da bilir, o yüzden adamın tehdidine pek aldırmazdı. Kısacası, adamın karısını öldürme kastı yoktu; silahın dolu olduğunu dahi bilmiyordu. Böylece, Opus'un öldürülmesi bir kaza oluyordu; silah kazara doldurulmuştu.

Araştırmalara devam edilince, ölümcül kazadan yaklaşık altı hafta önce yaşlı çiftin oğlunu silahı doldururken gören bir tanık ortaya çıktı. Anlaşıldığına göre, yaşlı kadın oğlundan mali desteğini çekmişti ve babasının annesini silahla korkutma temayülünü bilen oğul, annesini cezalandırmak kastıyla, babasının annesini vuracağını umarak, gizlice silahı doldurmuştu. Annesi ölecek, baba cinayetten suçlanacak, mallar oğula kalacaktı.

Artık olay yaşlı çiftin oğlunun, Ronald Opus cinayetinden sorumlu olduğu noktasına gelmişti.

Tam bu sırada savcının karşısına yeni bir viraj çıktı. Araştırmalara devam edilince, geçen altı hafta içinde anneyle babanın silahla tehdide varan bir tartışma yaşamamaları, dolayısıyla annesinin ölümünü bir türlü başaramayışı nedeniyle, oğlun umutsuzluğunun arttığı anlaşıldı. Bu, onu 23 Mart'ta on katlı binanın tepesinden atlayarak intihar etmeye itmişti. Ancak, ölümü planladığı gibi olmamıştı; dokuzuncu katın önünden geçerken babasının boş zannettiği silahı tetiklemesiyle annesine isabet etmeyip pencereye seken kurşunun kafasına isabet etmesi nedeniyle Ronald Opus'un hayatı sona ermişti!

Dosya intihar olarak kapatıldı.

Mutluluk

"Mutluluk öyle bir servettir ki;
bölüşüldükçe çoğalır."

Churchill

Kıyafetlerinden hayli varlıklı bir aileden geldiği belli küçük kız, avucundaki para destesini sımsıkı tutarak rafları inceliyordu. Burası kentin en büyük oyuncak mağazasıydı. Aranan her şeyin bulunduğu, bitmez tükenmez raf koridorlarının bulunduğu mağazalardan biri.

Rafların arasında öylece gezinirken, reyonların birinde kalakaldı. Muhteşem bir bebekti bu. Dünya güzeli yüzlü ve ipek kadife elbiseli muhteşem bir bebek. Babasına döndü, bebeği işaret etti.

"Avucumdaki para yeter mi?"

Babası başı ile 'evet' dercesine olumlu bir hareket yaptı. Bebeği kucakladı ve koridoru takip ederek, kasaya doğru yürüdü. Tam bu sırada tıpkı kendisi gibi, babası ile alışverişe çıkmış bir küçük çocuk gördü. Kısa pantolonluydu, gömleği iyice eskimişti.

Çocuğun elinde birkaç dolar vardı. Raftaki oyunlardan birinin önünde heyecanla durdu.

"İşte istediğim bu baba!" diye çığlık attı, avucunu gösterdi. "Yeter mi?"

Babasının gözleri önüne doğru eğilirken, başı 'yetmez' işareti verdi. Çocuk, avucundaki paraya baktı. Oyunu rafa yerine koydu. Babasının elini tuttu ve koridorun ucuna doğru yürüdü, boyama kitaplarının olduğu rafa.

Küçük kız kucağındaki bebeğe bir daha baktı. Sonra çocuğun seçtiği oyuncağa döndü. Bebeği götürüp yerine koydu. Oyuncağı eline aldı.

"Yeteri kadar param var mı baba?" dedi.

Babası yine 'evet' dercesine başını salladı.

Kasaya gittiler, parayı ödediler. Küçük kız, kasadaki adama bir şeyler fısıldadı. Kız ve babası, geriye çekilip beklemeye başladılar. Az sonra oğlan ve babası, ellerinde bir boyama kitabı ile kasaya geldiler. Kasiyer:

"Kutlarım sizi," dedi heyecanla. "Bugün bininci müşteri olarak bir armağan kazandınız."

Oyun kutusunu küçük çocuğa uzattı.

"Harika!" diye çığlık attı çocuk. "Baba, bu benim en çok istediğim şeydi, biliyorsun."

Baba oğul, sevinç içinde dükkânı terk ederken, içeride kalan baba:

"Ne kadar cömertsin kızım, sana bunu yapma kararını verdiren ne?" dedi.

"Baba, annemle birlikte bana bu parayı verdikten sonra, 'Seni en çok mutlu edecek şeyi al,' demediniz mi?"

"Tabii öyle dedik, tatlım!"

"Ben de aynen öyle yaptım baba. Şu anda ne kadar mutlu olduğumu biliyor musun?"

"Aşk sandığın kadar değil,
yandığın kadardır."

Hz. Mevlânâ

Yaşamın Ayrıntıları

"Hayat bisiklete binmek gibidir.
Pedalı çevirdiğiniz sürece düşmezsiniz."

Claude Peppeer

- Mucizelere inanın ama asla onlara bel bağlamayın.
- Durum ne olursa olsun, nezaketin size zarar vermeyeceğini unutmayın.
- Bir geziden döndüğünüz gün harcamalarınızın listesini yapın.
- Küçük şeyleri iyi yapmaktan dolayı mutlu olmasını bilin.
- Her yıl, çocuklarınızın okula başladığı ilk gün onların fotoğrafını çekin.
- Bir arkadaşınız hakkında iyi bir söz duyduğunuzda bunu ona iletin.
- Doğru olduğunu bildiğiniz şeyi yapmaktan asla çekinmeyin.
- Dikkat çekmek için iş yapmayın, dikkat çekecek iş yapın.
- Çocuklarınızı, kardeşleri ya da sınıf arkadaşlarıyla kıyaslamayın.
- Sivil toplum örgütlerine katılın.
- Büyük zarar getirmeyecekse, bırakın çocuklarınız bildikleri gibi yapsın. Çünkü yaptıkları hatalardan, başkalarından öğrendiklerinden daha fazlasını öğreneceklerdir.

- Her başarının bir bedeli olduğunu asla unutmayın.
- Çocuklarınızın önünde eşinize kötü bir söz söylemeyin.
- Çocuklarınız çoktan uyumuş olsalar bile onlara iyi geceler öpücüğü verin.
- Can sıkıntısını egzersiz yaparak dağıtmaya çalışın.
- Boğaza takılan bir şeyi çıkarma yöntemlerini öğrenin.
- Yolculuk ederken cüzdan, otomobil anahtarı, gözlük ve ayakkabılarınızı yakınınızda bulundurun.
- Eleştirmekle geçirdiğiniz zamanın iki katını övmeye ayırın.
- Çocuklarınıza engelli bir kişiyi asla küçümsememeyi öğretin.
- Gazetenin ekonomi sayfasını düzenli bir biçimde okuyun.
- Yolculukta temel gereksinimlerinizin listesini yapın ve bavulunuzda tutun.
- Çocuklarınızın televizyon izleme süresini ve programlarını sınırlayın.
- Zarafeti modaya yeğleyin.
- Kendinizi geliştirme konusunda her bulduğunuz fırsatı değerlendirin.
- Kızınıza ya da oğlunuza da yemek yapmasını öğretin.
- Her terslikte saklı olabilecek iyi fırsatı arayın.
- Eve bir eşya alırken, deneyim kazanmaları için çocuklarınızı da yanınızda götürün.
- Evde yapılan börek ya da kurabiyeleri iş yerine de götürün.

- Deneyimli insanları asla dikkate almamazlık etmeyin.
- Yolunuza çıkan aksiliklerin, sizi amaçlarınızdan alıkoymasına izin vermeyin.
- Her gün mutlaka olumlu bir şey söyleyin.
- En sevdiğiniz sözü yazın ve görebileceğiniz bir yere asın.

Bir Annenin Bekleyişi

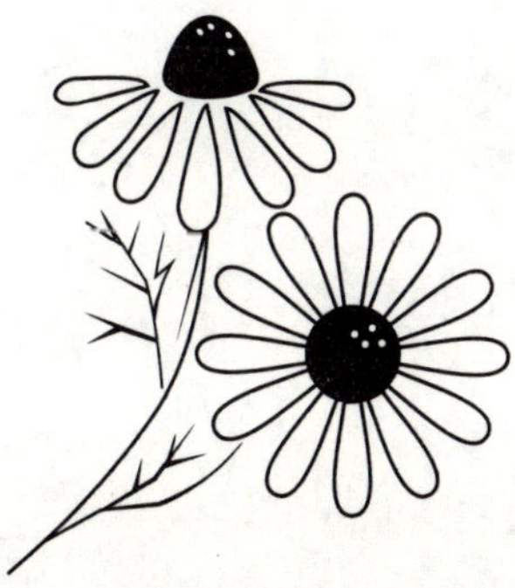

"Bir çocuk doğduğu anda,
bir anne doğmuş olur."

Osho

Orta yaşlı kadın, evin içinde telaşlı bir haldeydi. Eşyaların yerini değiştiriyor, örtüleri düzeltiyor, arada bir mutfağa gidip pişmekte olan yemeğe bakıyor, tekrar salona dönüyordu. Sokaktan gelen her seste pencereye koşuyor, her duyduğu kapı zilinde de başkasının zili olduğunu anlayıp, üzülüyordu.

Başka şehirde iş bulan oğlu, hem uzak yerde olduğundan hem de izin alamadığından 2 aydır gelememişti. Orta yaşlı kadın, büyük bir özlemle oğlunun gelmesini ümit ediyor, kulağı zil sesinde, ayak sesinde telaşla bekliyordu. Her anneler gününde, çocuğunun ona 'Anneciğim, anneler günün kutlu olsun,' diyerek, boynuna sarılmasına öyle alışmıştı ki sanki oğlu kapıdan giriverecek ve koşup boynuna sarılacaktı; sonra da onun için hazırladığı tatlılardan yiyecekti. Oysa oğlu geleceğini söylememişti ki. Kadın, boynu bükük düşündü, 'Ya gelmezse, ya izin alamadıysa.' İçini özlem dolu bir alevin yalayıp geçtiğini hissetti.

Kadın sabahtan hazırlığa başlamıştı. Telaşlı halini gören eşi, sorup durmuştu, "Bu telaşın niye?" diye ama cevabını bir türlü alamamıştı. Sonunda da kadın:

"Bu gün evde işim çok, sen git gez biraz," diye ısrar ederek, eşini rica minnet dışarı çıkarmıştı. 'Ya, telaşımın nedenini anlarsa, ya saatlerce beklediğim halde oğlum gelmezse,' diye düşünmüştü. 'Gelmezse' düşüncesiyle bir daha yüreği titremişti.

Saatler geçip gidiyordu, öğlen olmak üzereydi:

"Gelemiyorsan, bir telefon et bari 'anneciğim' de..." İçinde sıkıntı armaya başlamıştı. "Anneler gününü kutlamak için bir telefon bile etmeyecek mi acaba? Ben böyle bekliyorum ama o belki hatırlamadı bile. 'Gözden ırak olan, gönülden de ırak olur,' sözü anneler için de geçerli olur mu hiç! Olamaz canım, bir telefon eder en azından. Hoş telefon yetmez, özledim yavrumu, kara gözlerini, yaramaz gülüşünü. Hıh.. yaramaz, dediğimi duysa yine darılır, 'Beni çocuk gibi sevme,' der. Sanki nasıl seveceksem..."

Çocuğunu düşündükçe, onunla konuştuğunu düşündükçe yüzü gülüyor, farkında olmadan bir anda neşeleniyordu. Sonra duvardaki saate gözü takılıyor, yeniden durgunlaşıyordu.

'Gelmeyecek, telefon bari etse...' diye düşündü istemeye istemeye. 'Sesini bari duymuş olurum.'

Tam böyle düşünürken, cep telefonunun sesiyle irkildi, omuzlarında bir yorgunluk, bakışlarında bir burukluk telefona uzandı, ekranına baktı, arayan oğluydu.

Sevinmeli miydi? Sevinemedi. Acaba... acaba gelemeyeceğini söylemek için mi aramıştı? Telefonda kutlayıp geçecek miydi anneler gününü, sarılamayacak mıydı yavrusuna?

Açtı telefonu.

"Alo..."

"Alo, nasılsın anneciğim?"

"Sağol yavrum, sen nasılsın?"

"İyiyim anneciğim."

"Ne yapıyorsun, işler nasıl?"

"Biraz zor oldu ama alıştım, hem bu şehre hem de işe alıştım."

"Öyle mi yavrucuğum?"

Söylemiyordu işte; ne telefonda kutluyordu ne de gelmeyeceğini söylüyordu. Sonunda dayanamayıp sordu:

"İzin aldın mı yavrum?"

"Evet, anneciğim, izin aldım. Sen nereden bildin?"

"Nereden mi, anneler günü için izin almadın mı?"

"Ha, anneler günü, doğru ya! Anneler günün kutlu olsun anneciğim."

"Sen sen… bunun için izin almadın mı?"

"Ah anneciğim, çok sevdiğim, benim için çok önemli bir bayanı görmeye gideceğimi söyledim. Şefim de izin verdi. Şimdi onun yanına gidiyorum."

Orta yaşlı kadın durakladı, sesine hâkim olmaya çalıştı.

"Öyle mi, nasıl biriymiş bu?"

"Anneciğim, emin ol bana, senin daha önce yaptığın yemeklerden daha lezzetlisini, daha önce yaptığın tatlılardan daha tatlısını yapmıştır, beni bekliyor şimdi."

"Ben… şey… tamam yavrucuğum. Şey, umarım o da seni seviyordur."

"Sevdiğine eminim anne, zaten bu ilk iznimi sırf onu görmek için aldım. Babam nerede anne?"

"Dışarıdaydı yavrum. Hah... kapı çalıyor, sanırım baban geldi."

"Tamam anne, selam söyle, ben de mis gibi kokuların geldiği, dünyada en çok değer verdiğim bir dünya güzelinin kapısındayım."

"Tamam yavrum, söylerim. Sonra yine ara yavrum. Allah'a emanet ol."

Telefonu kapattı. Oysa ne kadar özlemişti oğlunu, ne kadar görmek istiyordu. Kapıya eli uzanırken, gözünden süzülen yaşlara engel olamıyordu.

Kapıyı açtığında, boynuna atılan oğlunun:

"Canım anneciğim, anneler günün kutlu olsun!" diye bağırması sanki bir rüya sahnesiymiş gibi geldi. Oğlu:

"Anneciğim, seni sevindirecek bir sürpriz yapayım dedim, lütfen ağlama!" dese de annesi sevinçten hıçkıra hıçkıra ağlıyordu.

"Okulda
'Büyüyünce ne olmak istiyorsun?'
diye sordular.
Ben de 'Mutlu' yazdım.
Bana, 'Ödevi anlamamışsın,' dediler.
Ben de onlara,
'Siz hayatı anlamamışsınız,' dedim."

John Lennon

İnsanlığın Yansıması

"Denizi seviyorsan dalgaları seveceksin,
uçmayı seviyorsan düşmeyi de bileceksin!
Korkarak yaşarsan, sadece hayatı seyredersin."

Friedrich Nietzsche

Dağlık bir bölgede bilge çırağıyla yürürken, oğlan ayağını taşa çarpar ve can acısıyla "Ah!" diye bağırır.

Dağdan, 'Ah!' diye bir ses gelir ve bu sesi duyan çocuk hayret eder. Merakla:

"Sen kimsin?" diye bağırır ama aldığı tek yanıt; 'Sen kimsin?' olur.

Çocuk bu yanıta kızar ve:

"Sen bir korkaksın!" diye bağırır.

Dağdan aldığı yanıt, 'Sen bir korkaksın!' olur.

Ustasına bakar ve:

"Ne oluyor?" diye sorar.

"Oğlum dikkat et," diyen bilge vadiye doğru, "Sana hayranım!" diye bağırır. Ses, 'Sana hayranım,' diye yanıtlar.

Usta, "Sen harikasın!" diye bağırdığında, bu kez dağdan, 'Sen harikasın!' yanıtı gelir. Çırak şaşırmıştır. Ama hâlâ ne olduğunu anlayamamıştır.

Bilge açıklar:

"Oğlum, insanlar buna yankı derler; ama gerçekte yaşamın ta kendisidir. Yaşama ne verirsen, sana onu yansıtır. Yaşam senin davranışlarının aynasıdır. Eğer yaşamında daha çok sevgi istiyorsan, insanları daha çok sev. Eğer sana saygılı davranılmasını istiyorsan, insanlara saygılı davran. Eğer başkaları tarafından anlaşılmak istiyorsan, önce başkalarını anlamaya gayret göster. Eğer insanların sana hoşgörülü ve sabırlı davranmasını istiyorsan, önce sen hoşgörülü ve sabırlı olmalısın. Oğlum, yaşamda ne ekersen, onu biçersin. Bu doğa yasası, yaşamın her yönü için geçerlidir.

"İnsanların yaşamı tesadüfler sonucu oluşmaz. İnsanların yaşamı onların davranışlarının yansımasından başka bir şey değildir."

Yeni Hayatın Simgesi

"Sarılmak için, önce yürek gerekir.
Kollar sonraki iş..."

Özdemir Asaf

Jeremy özürlü bir çocuk olarak doğmuştu. Spastik olmasının yanı sıra, bazı bedensel özürleri vardı. On iki yaşında, hâlâ ilkokul ikinci sınıfa gidiyordu Jeremy; belli ki, öğrenme yeteneği yoktu. Öğretmeni Doris Miller onun yüzünden oldukça sıkıntı çekiyordu. Oturduğu sırada sallanıyor, ağzından salyalar akıtıyor ve garip sesler çıkarıyordu. Bazen de ortada hiçbir sorun yokmuş gibi, çok açık ve net bir şekilde konuşuyordu. Yine de öğretmenini çoğunlukla rahatsız ediyordu.

Günün birinde öğretmen Doris, Jeremy'nin ailesini aradı ve onları okula davet etti. Forrester ailesi, görüşme için boş sınıfa girdiklerinde, Bayan Miller:

"Jeremy'nin yeri burası değil; engelli çocuklara eğitim veren özel bir okula göndermeniz gerekiyor. Burada kendisinden yaşça küçük ve öğrenme sorunu olmayan çocuklarla okuması kendisi için iyi değil. Diğer çocuklarla arasında tam beş yaş var," dedi.

Bu sözler üzerine Jeremy'nin annesi ağlamaya başladığından, aile adına bir açıklama yapma yükümlülüğü babasına düşmüştü:

"Bayan Miller, bu yakınlarda özürlüler için özel okul yok. Jeremy'yi okuldan almak ise, onun için çok kötü bir şok olur. O, burayı gerçekten çok seviyor."

Jeremy'nin annesi ve babası sınıftan ayrıldıktan sonra, öğretmen Doris dışarıda yağan karı seyrederek uzun süre oracıkta oturdu. Karın soğuğu adeta ruhuna da işlemişti. Forrester ailesine acıyordu. Ne de olsa, tek çocukları amansız bir hastalığa yakalanmıştı. Ancak, Jeremy'i sınıfta tutmak da doğru değildi. Öğrenim görmesi gereken on sekiz çocuk daha vardı ve Jeremy onlara engel oluyordu. Dahası, konuşmayı ve yazmayı asla öğrenemeyecekti. Niye boşuna daha fazla zaman harcasın ki?

İçinde bulunduğu durumu değerlendirirken bir anda içini bir suçluluk duygusu kapladı. 'O zavallı ailenin sorunları yanında benimkiler hiç sayılır; ama ben hâlâ şikâyet ediyorum,' diye düşündü ve kendisine daha fazla sabır vermesi için Tanrı'ya dua etti.

O günden sonra da, Jeremy'in donuk bakışlarını ve çıkardığı sesleri görmezlikten gelmek için epey çaba sarf etti.

Derken, bir gün Jeremy'nin topallayarak ve sakat ayağını sürüyerek öğretmeninin masasına kadar gelip:

"Sizi seviyorum Bayan Miller," diye tüm sınıfın duyabileceği şekilde bağırdığını gördü.

Bu söze diğer öğrenciler gülüştüler. Öğretmen Doris'in yüzü kıpkırmızı olmuştu:

"Bu çok hoş Jeremy!" dedi. "Ama şimdi sırana otur istersen, tamam mı?"

Günler öylece gelip geçti ve bahar geldi. Hz. İsa'nın göğe yükselişinin kutlandığı bahar bayramına bir hafta kamıştı ki, Doris onlara Hz. İsa hakkında bir öykü anlattı ve her öğrenciye birer plastik yumurta dağıtarak, yeni hayatı vurgulamak üzere ödevi verdi:

"Şimdi bunu eve götürmenizi ve yarın içine yeni hayatı simgeleyen bir şey koymuş olarak geri getirmenizi istiyorum, anlaşıldı mı?"

Çocuklar:

"Evet Bayan Miller," diye bağırdılar.

Jeremy hariç.

Jeremy kulak kesilmiş, gözlerini bir an bile ondan ayırmadan öğretmenini dinliyordu. Bayan Miller'ın, Hz. İsa ve yeni hayat hakkında söylediklerini anlamamış mıydı? Ya verdiği ödevi? Herhalde, Jeremy'nin ailesini arayıp, ödevi onlara anlatsa daha iyi olacaktı.

O akşam, Doris'in mutfak lavabosu tıkandı. Ev sahibini çağırdı ve bir saat boyunca onun tıkalı lavaboyu açmasını bekledi. Marketten yapacağı alışveriş bu yüzden gecikmişti. Döndüğünde ise, ütülenecek bir elbise ve ertesi güne hazırlanacak test bekliyordu kendisini. Bu telaş içinde, Jeremy'nin ailesine telefon etmeyi unuttu.

Ertesi gün, Bayan Miller'ın sınıfındaki on dokuz öğrenci de okula gelmişti. Aralarında konuşup gülerek, getirdikleri yumurtaları öğretmenin masasına bıraktılar. Matematik dersi bittikten sonra, yumurtaları açma zamanı gelmişti. Birinci yumurtadan bir çiçek çıktı. Öğretmen Doris:

"Ooo, evet; bir çiçek gerçekten de yeni hayatın simgesidir," dedi. "Bitkiler topraktan çıktıktan sonra yeni bir hayat görürüz."

Bu sözler üzerine, birinci sıradaki ufak kız ayağa fırladı:

"O benim yumurtam, öğretmenim."

Bir sonraki yumurtada gerçek gibi görünen plastik bir kelebek vardı. Bayan Miller, öğrencilerine onu göstererek:

"Hepimiz biliyoruz ki, bir tırtıl değişir ve güzel bir kelebek olur. Doğrusu, bu da yeni hayat için güzel bir örnek," dedi.

Küçük Judy gururla gülümsedi ve:

"O benim yumurtamdı öğretmenim," diye seslendi.

Bir sonraki yumurtada öğretmen Doris üzeri yosunlu bir kaya parçası buldu. Çocuklara yosunun da yeni hayatın bir simgesi olduğunu açıkladı.

Sınıfın tek gözlüklüsü Billy arka sıralardan bağırdı:

"Bu benim öğretmenim. Babam bana yardım etti."

Sonra Doris dördüncü yumurtayı açtı. Bir an duraksadı. Yumurta boştu. Bu kesinlikle Jeremy'nin yumurtası olmalıydı; demek ki, ödevini anlayamamıştı. Keşke ailesini aramayı unutmasaydı! Jeremy'yi utandırmak istemediği için, sessizce yumurtayı kenara koyup, başka bir yumurtayı eline aldı.

Jeremy bunu fark etmişti:

"Bayan Miller, benim yumurtam hakkında konuşmayacak mısınız?"

Öğretmen Doris, şaşırmış bir şekilde:

"Ama Jeremy," dedi, "senin yumurtanın içi boş."

Jeremy, bir gün önce Hıristiyan anlayışınca anlattığı Hz. İsa'nın göğe yükselişi hadisesini hatırlatarak, öğretmenine usulca:

"Evet," dedi, "ama İsa'nın mezarı da boştu."

Bayan Miller donakalmıştı. Kendini toparladığında:

"Peki, mezar niye boş, biliyor musun?" diye sordu Jeremy'ye. Cevap kısaydı:

"Dediniz ya, İsa öldürüldü ve mezara kondu, Allah da onu oradan aldı."

Az sonra teneffüs zili çaldı. Çocuklar hızla bahçeye koşuşurken, öğretmen Doris ağlıyordu. Bu sakat çocuğa karşı içinde hissettiği soğukluk tamamen erimişti.

Jeremy üç ay sonra öldü. Cenazesine gelenler ise, tabutun üstünde duran on dokuz plastik yumurtaya ilk anda bir anlam veremediler.

On dokuz yumurtanın da içi boştu.

Telesekreter Mesajı

"Bir okul fazla yapın, bir hapishane eksiltmiş olursunuz."

Victor Hugo

Kaliforniya'daki 'Pacific Palisades' adlı okulda okuyan çocukların velileri, bütün okulu ve öğretmenleri dava ediyor; çünkü bütün dönem boyunca 15 ile 30 gün arasında devamsızlık yaptıkları halde çocuklarının derslerden kalmalarını kabul etmiyorlar. Velilerin neredeyse tehdide varan itirazlarıyla baş edemeyen okul yönetimi, en sonunda telesekreter mesajını aşağıdaki şekilde değiştiriyor ve 'Yılın Telesekreter Mesajı' ödülünü kazanıyor.

'Merhaba! Pacific Palisades'e hoşgeldiniz. Bu bir otomatik mesajdır. Lütfen seçenekleri tek tek dinleyerek istediğiniz departmanla ilgili tuşa basınız.

- Çocuğunuzun neden devamsızlık yaptığı konusunda yalan söylemek için 1'e...
- Çocuğunuzun neden ödevlerini yapmadığı konusunda yalan söylemek için 2'ye...
- Bizim hangi konularda işe yaramadığımızı belirtmek için 3'e...
- Evinize gönderilen ve alıcı imzanız üzerinde olduğu halde almadığınızı iddia ettiğiniz uyarı mektupları için 4'e...

- Müdür ve diğer yetkililere küfür etmek için 5'e...
- Çocuğunuzu her sabah en az 10 dakika bekleyen okul otobüsü hakkındaki şikâyetleriniz için 6'ya...
- Süper kabiliyetli mükemmel çocuğunuzun beceriksiz öğretmeninden yakınmak için 7'ye...
- Bıraksanız bütün okulu yiyecek çocuğunuzun yetersiz bulduğu okul mönüsünden şikâyet etmek için 8'e basınız...

Çocuğunuzun gerçek bir dünyada yaşadığının farkındaysanız ve sorumluluk almayı öğrenmesini istiyorsanız, bunun için de ona verilen ödevleri zamanında ve tam olarak yapmasının çok önemli olduğuna inanıyorsanız, ayrıca eğitimin ilk önce ailede başladığının bilincinde olmanız dileğiyle...

Lütfen telefonunuzu kapatmayı unutmayın...

İyi günler...'

Doğum Günü

"Yetim annesi ve babası, ölmüş kişi değildir. Gerçekte yetim, akıl ve soy güzelliğinden yoksun olandır."

Hz. Ali

Fırına geldiğimde ortalıkta ekmek görünmüyordu. Eski bir dostum olan fırıncı:

"Biraz bekleyeceksin ağabeyciğim. İki üç dakikaya kadar çıkarıyorum," dedi.

Kenardaki tabureye oturup beklemeye koyulurken, içeriye yaşlıca bir adamın girdiğini gördüm. Eskimiş ceketinin sol yakası altında bir madalya parıldıyor ve yürürken hafifçe topallıyordu.

Selam verdikten sonra, fırıncının tezgâhına yaklaşarak:

"Ekmeklerimi alayım! Benim ikizler acıkmıştır," dedi.

Fırıncı, adamın kendisine uzattığı torbayı alarak tezgâhın altına eğildi ve bir gün öncesine ait olduğu anlaşılan ekmeklerden 4-5 tane çıkardı.

Ben o arada oturması için kendi yerimi o adama vermiş, tezgâhın yanına iyice yaklaşmıştım. Ekmeklerden birkaç tanesinin şekli değişmiş, katılaşmış, taş gibi olmuştu. Fırıncıya sordum:

"Neden taze ekmeği beklemesini söylemiyorsun? Biraz sonra çıkacak dedin ya!"

"Bayat ekmekleri kendisi istiyor. Çok fakir bir adam. Ona bayat ekmekleri yarı fiyatına veriyorum."

"Kim bu adam?"

"Kendisi Kore gazilerinden. Oğluyla gelini bir trafik kazasında vefat edince, ikiz torunlarını yanına almıştı. Yıllardır onlara bakıyor, hem de çok az bir maaşı var."

Fırıncının anlattıkları karşısında içimin yandığını hissediyor ve ufak da olsa bir şeyler yapmak istiyordum. Fırıncıya yavaşça dedim ki:

"Aradaki farkı ben vereyim. Hiç olmazsa bugün taze ekmek yesinler."

Fırıncı, teklifimi kabul etti. Biraz sonra da fırından yeni çıkan taze ekmekleri adamın torbasına doldururken, şekli bozuk, bayat ekmekleri de tezgâhın altına koyarken ihtiyara takıldı:

"Bugün çok şanslısın amca. Çocuklar için sana pasta gibi ekmek vereceğim."

Yaşlı adam, bir evlat sevgisiyle kucakladığı torbayı göğsüne bastırarak kapıdan çıkarken bana döndü ve dedi ki:

"Allah, senden razı olsun evladım. Bugün onların doğum günüydü..."

Mevlânâ der ki;

"Her şey üstüne gelip seni dayanamayacağın bir noktaya getirdiğinde, sakın vazgeçme!.. İşte orası kaderinin değişeceği noktadır.

Çöp Tenekesi

"Evli bir erkeğin mutluluğu,
evlenmediği kadınlara bağlıdır."

Oscar Wilde

Henüz çok gençken kocasını kaybetmiş, ondan kalan tek oğlunu yetiştirmek için dişini tırnağına takarak çalışmıştı.

Onu kimseye muhtaç etmeden okutabilmekti arzusu.

Bu hayallerle geçirdi günlerini. Gençti, güzeldi ama geri çevirmişti evlenme tekliflerini; oğlunu yaban ellere vermemek istiyordu.

Başkalarına çamaşır yıkadı, temizlik yaptı, oğlunu hiçbir şeye muhtaç etmedi. Oğlu okuyacaktı, mesleğini eline alınca artık kalan ömrünü yavrusunun yanında geçirecekti. Bu hayallerle geçti yıllar, bu hayalle bitti yıllar...

Nihayet oğlu hukuk okudu, hâkimlik görevine başladı. Anne sevincinden yere göğe sığmıyordu. Sıra oğluna layık kız bulmaya geldi, bunu da bulunca artık gözleri arkasında kalmayacaktı.

Tam istediği gibi bir kız buldu. Dışını görüyordu ama içinden haberi yoktu. Seviyordu gelinini öz evladı gibi. Bir an önce düğün olsun istiyordu. Sanki kendi evlenecekti. Bir an önce taşınmak istiyordu yeni evlerine; artık bir köşeye oturup torunlarını sevecek, geçmiş onun için tatlı bir hatıra olacaktı.

Nikâh gününe 1 ay kalmıştı, damat gelini alarak yeni evlerine yerleşecek, eşyaların yerlerini ayarlayıp ölçülerini alacaklardı.

Bütün eşyaların yerleri ayarlanmış, tek tek güzel bir görüntü kazandırılmıştı.

Bu sırada gelin kız nişanlısına dönerek:

"Cihan! Böyle güzel oldu ama şu Çöp Tenekesini nereye koyacağız?"

Şaşırdı genç adam, hayret dolu sesle:

"Koskoca evde bir çöp tenekesini koyacak yer bulamıyor musun? Tezgâhın altına koy!"

"Yok yok, hiç olur mu?"

"Balkona koyarsın?"

"Oraya da hiç uymaz!"

"Yahu çöp tenekesini koyacak yer bulamıyor musun?"

"Onu demiyorum canım, ANNENİ diyorum, ANNENİ!"

Genç kızın ağzından çıkan cümleler genç adamın kalbine işlemiş, beynini döndürmüştü. Varlığında baş tacı olan annesi, kendisi için el kapılarında çalışan annesini demek bir çöp tenekesi yerine koyuyordu. Demek annesi çöp tenekesiydi. O çilekeş, o fedakâr kadını, canı gibi sevdiği annesini koyacak yer bulamıyordu hayat arkadaşı olan kız, anasına çöp tenekesi diyordu!

Tek kelime konuşmadı, eve dönünce de bir şeyden bahsetmedi; zavallı anne gelinin kendisi hakkında düşündüklerinden habersiz nasıl olduğunu soruyordu durmadan, onu övüyordu.

Acı acı güldü bu durum karşısında genç adam.

Nihayet nikâh günü gelmişti. Bütün hazırlıklar bitmiş, arabalar nikâh dairesinin yolunu mekân tutmuşlardı. Salon ağzına kadar doluydu. Dışarıya taşan davetli kulesinde heyecan kol geziyordu, yeni evlilikleri görebilmek için.

Ve memur geline sordu:

"Kızım! Ahmet oğlu Cihan'ı zevceliğe kabul ediyor musun?"

"Evet!"

"Peki, oğlum sen Zeynep kızı Zeliha'yı zevceliğe kabul ediyor musun?"

"Hayıııırr! Etmiyorum!"

Salonu ayağa kaldırdı bu ses. Gözlerinde hayret ifadesiyle herkes şok geçirmiş gibi erkeğe, Cihan'a bakıyorlardı. Memur şaşırmıştı:

"Peki, şimdiye kadar neredeydin?"

"Efendim! Babam beni küçük yaşlarda bırakıp vefat etti. Annem dışarılarda çalışarak gençliğini bana harcadı, çalıştı ve çabaladı. Giymedi giydirdi, yemedi yedirdi. Beni büyüttü, okutup adam etti. Annem benim yanımda oturacak, rahat edeceği zaman bu gördüğünüz gelin hanım, annemi bir çöp tenekesi yerine koyarak, evde onu koyacak yer bulamıyor. Annemi bir çöp tenekesi olarak görüyor ve istemiyor. Benim annemi istemeyen, ona o şekilde muamele yapan kadını ben de istemiyorum. Varsa annesine çöp tenekesi dedirtecek, buyursun gelini alsın!"

Yerinden kalkarak annesini aldı, hayret ve gözyaşları içerisinde salondan ayrıldı. Bu olaydan sonra gelin kız evine döndü. Aradan 20 yıl geçmesine rağmen hâlâ evlenememiş.

Rüyadaki Anne Kokusu

"Unutulmayacak tek yüz, anne yüzüdür."

Anonim

On yaşlarındaki küçük kız, okul önlüğünün düğmelerini iliklemeye çalışırken o kadar acele ediyordu ki; yaşadığı panikten elleri birbirine dolanıyordu. Uyumaktan şişmiş gözlerini ovalayarak dışarı fırladı. Ayakkabılarını ayağına geçirmeye çalışarak yürümesi, yolda yalpalamasına sebep oluyordu. Son günlerde sürekli geç uyanıyor, ilk derse yetişemiyordu. Öğretmenin verdiği cezadan çok, her seferinde yalan söylemek zorunda kalmasıydı küçük yüreğini yoran. Bu sefer hangi bahaneyi uyduracaktı? Uyuyakaldığını söylese, öğretmen her zamankinden daha çok kızacaktı. Annesine söz vermişti. Ne olursa olsun, başına ne gelirse gelsin, kesinlikle yalan söylemeyecekti. Geç kaldığı günlerde öğretmeninin bakışlarıyla alevlenen yangına karşı, sap yığınından yalanların arkasına çaresizlik içinde gizleniyordu.

Okulun kapısına geldiğinde koşmaktan terlemişti. Alnına, çile mürekkebiyle yazılan yazıyı, saçlarından süzülen ipek teller, daha bir belirginleştiriyordu. Al yanaklarının üzerine yerleşen şiş gözlerle etrafına bakıyor, çekingen adımlarla koridorda ilerliyordu. Küçük bedeni, taşıyabileceğinden ağır bir çantanın esaretinde sınıfın önüne geldi. Son kez önlüğünü ve yakalığını düzeltip, kulağını hafifçe kapıya yasladı. İçeride hiç ses yoktu. Çantasını sırtından eline alıp, minik elleriyle kapıya birkaç kez vurdu. Ürkek adımlarla içeri girdiğinde sınıftaki sessizlik, yerini fısıltılara karışan gülüşmelere bırakmıştı. Çocukların bazısı, geç kaldığı için ona kızıyor, bazısı alaycı bakışlarını gülmelerle perçinliyordu. Küçük kız, yerine geçmeye hazırlanırken; öğretmen, sınıfı susturan, gülüşmeleri kovalayan, küçük kızın yüreğini titreten konuşmasına başladı.

"Dur bakalım! Yerine oturma! Seni defalarca uyarmaktan, cezalandırmaktan bıktım. Sen, geç kalmaktan bıkmadın. Tahtanın yanına geç ve ders bitene kadar tek ayak üzerinde dur. Sorumsuzluğuna son verene kadar böyle yapacağım... Ayağını indirdiğini görmeyeyim!"

Öğretmen, hedefe koyduğu küçük bir kalbi tam ortasından yaralamıştı. Acımasız bir ressamın elinden çıkan hüzün tablosu, sınıfın ortasında öylece duruyordu. Diğer çocukların yeniden başlayan gülüşmeleri tabloya vurulan fırçanın son darbeleri oldu.

Alaycı bakışlardan kaçırdığı gözlerinde, yağmaya hazırlanan bulutlara direnen küçük kız, tahtanın yanına geçti. Ayağını kaldırdığında ders kaldığı yerden devam etmişti.

Minik ayaklarında derman tükenmek üzereyken, ızdırabı ve dersi sonlandıran zil nihayet çaldı. Bir yangından kaçar gibi kapıya koşturan çocuklar geride bıraktıklarını çoktan unutmuştu. Öğretmen, masadan kitaplarını toplarken sınıfta kimse kalmamıştı. Küçük kızın yüzüne dahi bakmadan, "Tamam! Çıkabilirsin," dedikten sonra, söyleyecekleri aniden aklına gelmiş gibi, uyuşan ayaklarıyla birkaç adım atan kıza tekrar seslendi.

"Dur biraz! Her gün derse geç kalıyorsun. Bu böyle gitmeyecek! Ya keyifle uyumaktan ya da okuldan vazgeç! İkisini de aynı anda yapmaya çalışmandan bıktım. Nasıl bir annen varmış ki, seni okula hazırlamaktan aciz, geleceğine karşı tasasız. Defalarca çağırmama rağmen bir defa bile göremedim veli toplantılarında. Senin sorumsuzluğunun diğer çocuklara örnek olmasına izin vermeyeceğim. Ya kendine çeki düzen ver ya da..."

Öğretmeninin ağzında çakan şimşekler küçük kızın gözlerinde bekleyen bulutlara düşüyordu. Yağan yağmurlar çoraklaşmış bir yüreği yumuşatmaya yetmiyor, sorular devam ediyordu.

"Okumak istemiyor musun? Eğer öyleyse, ne sen yorul ne de biz!"

Küçük kızın başı önüne düşmüştü.

"Hayır öğretmenim," dedi. "Okumayı çok istiyorum. Hem de çok; ancak her sabah aynı rüyayı görüyorum."

"Ne görüyorsun rüyanda?"

"Geçen sene beni yalnız bırakan annemi cennette görüyorum. Beni çok özlediğini söylüyor, pamuk elleriyle başımı okşamak istiyor; tam elini uzatıyor, uyanıyorum."

Yanaklarına süzülen yaşları sildikten sonra derin bir iç çekip, sözlerine kaldığı yerden devam etti.

"Onu o kadar çok özledim ki... Belki aynı rüyayı tekrar görürüm, belki rüya kaldığı yerden devam eder diye tekrar uyuyor, uyanmak istemiyorum; ancak rüya kaldığı yerden devam etmiyor..."

Daha fazlasını anlatacak gücü kalmamıştı. Titreyen sesiyle son bir cümle daha kurdu.

"Rüyamda da olsa, bir defa başımı okşamasını, ona doya doya sarılmayı o kadar çok isterdim ki..."

Sadakat Yemini

"Sevdiğine bağlı kalmak için uğraşmak,
sadakatsizliğin ta kendisidir"
La Rochefoucauld

Bu akşam eve geldiğimde eşim akşam yemeğini servis ediyordu. Elini tuttum ve ona söyleyeceğim şeyler olduğunu söyledim. Masaya oturdu ve sessizce yemeği yemeye başladı. Ve yine gözlerinde o korkuyu gördüm.

Bir anda kasıldım, ağzımı açamıyordum ama düşüncelerimi söylemem lazımdı. Ben boşanmak istiyorum. Sinirlenmedi. Sözlerime karşılık vermedi, sadece sebebini sordu.

Bir cevap veremedim ve buna çok sinirlendi; elindeki çatal bıçakları fırlattı. Bana bağırdı ve adam olmadığımı söyledi. Bu akşam tek kelime konuşmadık. Eşim bütün gece ağladı. Farkındaydım. Evliliğimizin ne olacağını merak ediyordu ama onu tatmin edecek bir şey söyleyemeyecektim. Ben Jane'e âşık oldum, eşimi sevmiyorum artık. Bu vicdan azabıyla bir evlilik sözleşmesi hazırladım; evi, arabayı ve şirketin %30'unu ona verecektim. Sözleşmeye kısa bir süre baktı ve yırttı. 10 yıl hayatımı paylaştığım bu kadın bana yabancı olmuştu. Onun harcadığı zamana ve enerjiye üzülüyordum ama geri dönemezdim; Jane'e çok âşık olmuştum. Sonra hıçkıra hıçkıra ağlamaya başladı, bu benim beklediğim bir tepkiydi. Onun ağlaması benim hafiflememe sebep olmuştu. Bir süredir aklımdan geçiriyordum boşanmayı, bu fikir bende saplantı haline gelmişti ve şimdi bu duyguyu daha da güçlü hissediyordum ve doğru karardı. Bir sonraki akşam eve geç gelmiştim ve eşimi masada yazı yazarken gördüm. Çok uykum vardı ve akşam yemeğini yemeden uyumaya gittim. Jane ile geçirdiğim o kadar saat beni yormuştu. Bir ara uyandım ve onu hâlâ yazı yazarken gördüm masada. Ama bu benim umrumda değildi ve başımı çevirip, uyumaya devam ettim.

Ertesi sabah bana şartlarını yazı halinde sundu. Benden hiçbir şey istemiyordu, sadece boşanmamızı ilan etmek için bir ay müsaade istedi ve bu zamanda normal bir aile gibi davranmamızı istedi. Bunun sebebi oğlumuzun bir ay sonra sınavlarının olması ve bu dönemde ona bu yükü bindirmemekti. Bu kabul edilebilinir. Bir şey daha vardı, benden onu evlilik gecesinde onu kapıdan içeriye nasıl taşıdığımı hatırlamaktı ve bir ay boyunca her sabah onu yatak odasından, evin kapısına kadar taşımamı istedi. Kafayı yediğini düşündüm ama son günlerimizin iyi geçmesi açısından kabul ettim.

Sonra bu şartlardan Jane'e bahsettim, yüksek ses ile gülüp, bunun çok saçma olduğunu ve eninde sonunda boşanmayı kabul etmek zorunda kalacağını söyledi.

Eşimle boşanma konusunu açtığımdan beri fiziksel temasta bulunmadık. Bu sebepten ilk gün onu kucağıma alıp kapıya götürdüğümde tuhaf bir duygu yaşadım. Oğlumuz arkamızda duruyordu ve alkış yapmaya başladı, "Babam annemi kucağında taşıyor!" Bu, onu çok sevindirmişti. Sözleri canımı acıtmıştı... Yatak odasından evin kapısına kadar on metre taşıdım. Eşim gözlerini kapattı ve kulağıma, "Oğlumuza boşanmamızdan bahsetme," diye fısıldadı. Ben de başımı öne eğerek, "Tamam," dedim ve içime bir üzüntü çöktü. Kapı önünde onu bıraktım. Eşim otobüs durağına gitti ve onu işe götürecek olan otobüsü bekledi. Ben de tek başıma ofise gittim.

İkinci gün bu oyunu oynamak bize daha kolay gelmişti. Eşim başını göğsüme yasladı ve onun kokusunu duydum. Birden eşime uzun süredir bakmadığımı anladım. Ve onun evlendiğim zamanki kadar genç olmadığını fark ettim. Yüzünde hafif çizgiler oluşmuş, saçlarına ak düşmüştü. Geçen yıllar öylesine yanından geçmemişti. O an kendime ona bununla neler yaptığımı sordum.

Dördüncü gün onu kucağıma aldığımda bir güven duygusu yaşadım. Bu bana hayatının 10 yılını hediye eden kadın.

Beşinci gün bu güven duygusu daha da büyümüştü. Bundan Jane'e bahsetmedim. Günler geçtikçe onu taşımak daha da kolaylaşmıştı; belki de bu sayede yaptığım antrenmandan dolayıdır bu.

Bir sabah onu ne giyeceğini düşünürken izledim. İsyan ederek her gün kıyafetlerin biraz daha bol geldiğini söyledi. Birden onun ne kadar süzüldüğünü ve kilo verdiğini fark ettim. Demek ki onu her sabah daha kolay taşıyabilmemin sebebi buydu. Birden yüzüme yumruk gibi vurdu. Bu kadar acıyı ve üzüntüyü kalbinde taşıyordu. Farkında olmadan başını okşadım. O an oğlumuz da geldi ve "Baba, annemi taşıman lazım," dedi. Bu hayatımızın bir parçası olmuştu, babasının annesini odadan kapıya taşıması. Eşim oğlumuzu yanına çağırdı ve ona sıkı sıkı sarıldı. Ben başımı çevirdim; son anda kararımdan vazgeçmek istemiyordum. Onu kucağıma aldım ve yatak odasından kapıya kadar taşıdım. Elini enseme koymuştu ve ben onu sıkı sıkı tutmuştum. Tıpkı evlendiğimiz günkü gibi.

Artık huzursuzlaşmıştım bu kadar kilo vermesinden. Son gün onu kucağımda taşıdığımda hareket etmedim. Oğlumuz okuldaydı ve eşime hayatımızdaki yakınlığın ne kadar eksildiğini söyledim. Ofise gittim, arabadan fırladım, kapıyı kilitlemeden -bunun için zaman yoktu, her anın kararımı değiştirmesinden korkuyordum- merdivenden yukarı koştum. Yukarı varınca Jane kapıyı açtı. Ona karımdan boşanmayacağımı söyledim.

Şaşkın bir ifadeyle elini anlıma koydu ve "Senin ateşin mi var?" diye sordu. "Üzgünüm Jane ama ben artık boşanmak istemiyorum," dedim. Evliliğimizin renksiz kalması sevgi eksikliğinden değil, birbirimizin değerini unuttuğumuzdandı. Şimdi aklıma geldi ki, ona evlendiğimiz gün kapıdan içeri taşıyınca ömrümün sonuna kadar sadakat yemini verdiğimi... Jane olayı anlayınca yüzüme bir tokat attı ve kapıyı kapatarak ağlamaya başladı.

Hemen aşağı koşup, ilk çiçekçiye gidip, eşime bir buket çiçek aldım, üzerindeki karta da, 'Seni her sabah hayatımın sonuna kadar taşıyacağım' yazdım.

Eve vardığımda yüzümü bir gülümseme kapladı, elimde çiçeklerle yatak odasına gittim ve eşimi yatağın üstünde ölü buldum. Eşim aylardır kanser ile savaşıyordu ve ben Jane ile ilgilenmekten bunu fark etmemiştim. Fazla yaşamayacağını bildiği için, beni, oğlumun bana negatif tutumundan korumaya çalışmıştı. En azından oğlumun gözünde iyi bir eş olarak kalmamı istemişti.

İlişkideki küçük şeylerdir önemli olan. Villalar, arabalar çok paralar değil. Bunlar hayatı kolaylaştırır ama asla mutluluğun temeli olamazlar.

İlişkine zaman ayır ve ilişkinin güven ve huzur anlamına gelecek şeylere meşgul ol.

'Yazık ki insanlar, ellerindekinin değerini onu kaybedince anlıyorlar.'

Şair der ki;

'Sevdiğini düşünen hep yanar,'

Mevlânâ cevap verir;

'Sevdiğini düşünmeyen

neye yarar!'

Son Bir Umut

"Yaşıyorsak; hâlâ umut var demektir."

Seneca

Ülkenin batısındaki küçük bir mahallenin bir sokağının neredeyse tamamı ressamlardan oluşmaktaydı. Bu mahallede, üç katlı bodur bir tuğla yığınının tepesinde iki kız arkadaşın stüdyoları bulunmaktaydı. Alt katlarında ise yaşlı bir ressam otururdu.

Günlerden bir gün, kız arkadaşlardan biri zatürree hastalığına yakalandı. Genç kız günden güne eriyordu. Bir gün, arkadaşı resim yaparken, o da yatağında pencereden dışarı bakıyor ve sayıyordu...

Geriye doğru sayıyordu:

"On iki," dedi, biraz sonra da "On bir." Arkasından "On," sonra "Dokuz," daha sonra, hemen birbiri ardına "Sekiz," ve "Yedi."

Arkadaşı merakla dışarı baktı. Sayılacak ne vardı acaba? Görünürde sadece kasvetli, bomboş bir avlu ile altı yedi metre ötedeki tuğla evin çıplak duvarı vardı. Budaklı köklerinden çürümüş, yaşlı mı yaşlı bir asma, tuğla duvarın yarı boyuna kadar tırmanmıştı. Dönüp arkadaşına:

"Neyin var?" diye sordu. Hasta kız fısıltı halinde:

"Altı," dedi. "Artık hızla düşüyorlar. Üç gün önce neredeyse yüz tane vardı. Saymaktan başıma ağrı giriyordu. Ama şimdi kolaylaştı. İşte biri daha gitti. Topu topu beş tane kaldı şimdi."

"Beş tane ne?" diye sordu arkadaşı. "Yapraklar, asmanın yaprakları. Sonuncusu da düşünce, ben de mutlaka gideceğim. Hissediyorum bunu."

Arkadaşı ona saçmalamamasını söyleyip, içmesi için çorba götürdü. Fakat o:

"İşte bir tanesi daha gidiyor. Hayır, çorba filan istemiyorum. Bununla geriye dört tane kaldı. Hava kararmadan sonuncusunun da düştüğünü görmek istiyorum... Ondan sonra ben de gideceğim," diyerek cevap verdi.

Genç kız uykuya daldığında arkadaşı da alt kattaki yaşlı ressamı ziyarete gitti. Bu sırada yaprak olayını da anlattı yaşlı adama. Yukarı çıktığında arkadaşı uyuyordu. Ertesi sabah hasta kız hemen arkadaşına perdeyi açmasını söyledi. Ama hayret! Hiç bitmeyecekmiş gibi gelen upuzun gece boyunca aralıksız yağan yağmur ve şiddetle esen rüzgârdan sonra, bir asma yaprağı hâlâ yerinde duruyordu.

Sapına yakın tarafları hâlâ koyu yeşil kalmakla birlikte, testere ağzı gibi tırtıllı kenarlarına ölümün ve çürümenin sarı rengi gelmiş olan yaprak, yerden altı yedi metre yükseklikteki bir dala yiğitçe asılmış duruyordu.

"Bu sonuncusu," dedi hasta kız. "Geceleyin mutlaka düşer diye düşünmüştüm. Rüzgârı duydum. Bugün düşecektir, o düştüğü an ben de öleceğim."

Ağır ağır geçen gün sona erdiğinde onlar, alacakaranlıkta bile, asma yaprağının duvarın önünde sapına tutunmakta olduğunu görebiliyorlardı.

Derken şiddetli yağmur tekrar başladı. Hava yeteri kadar aydınlanır aydınlanmaz, genç kız hemen perdenin açılmasını istedi. Asma yaprağı hâlâ yerindeydi. Genç kız, yattığı yerden uzun uzun yaprağı seyretti. Sonra arkadaşına seslendi:

"Münasebetsizlik ettim. Benim ne kötü bir insan olduğumu göstermek istercesine, bir kuvvet o son yaprağı orada tuttu. Ölümü istemek günahtır. Şimdi biraz bana çorba verebilirsin," dedi.

Akşamüstü gelen doktor ayrılırken; şimdi alt kattaki bir hastaya bakmam gerekiyor. Yaşlı bir ressammış sanırım. O da zatürree. Yaşlı adamcağız çok ağır bir durumda, kurtulma umudu yok ama daha rahat eder diye bugün hastaneye kaldırılıyor," dedi.

Ertesi gün doktor:

"Tehlikeyi atlattınız, siz kazandınız," dedi.

O gün öğleden sonra arkadaşı, artık iyileşmiş olan arkadaşına alt kattaki yaşlı adamı anlattı. Yaşlı adam iki gün hastanede yattıktan sonra ölmüş. Hastalandığı günün sabahı kapıcı onu, odasında sancıdan kıvranırken bulmuş. Pabuçları, elbisesi baştan aşağı sırılsıklam, her yanı buz gibi bir haldeymiş.

Öyle korkunç bir gecede nereye çıktığına akıl sır erdirememişti kimse. Sonra, hâlâ yanık duran bir gemici feneri, yerinden sürüklene sürüklene çıkarılmış bir portatif merdiven, bir de üstünde birbirine karışmış sarı, yeşil boyalarla bir palet ve sağa sola saçılmış birkaç fırça bulmuşlar. O zaman o son yaprağın sırrı da çözüldü.

Rüzgâr estiği zaman bile yerinden oynamayan yaprak, yaşlı ressamın şaheseriydi. Yaşlı adam, son yaprağın düştüğü gece oraya bir yaprak resmi yapıp yapıştırmıştı.

Hayatımın Macerası

"Ellerimizin titremesinin geçmesini beklersek, kapıyı asla açamayız."

Naomi Newman

Kırk yaşına bastığınız doğum gününüzün özel bir kutlama gerektirdiğini kimse inkâr edemez. Ben de artık mutluluğundan kendisinin sorumlu olduğunu öğrenmiş, öz saygısı olan ve cesur bir kadın olarak kendi partimi kendim planlamayı ve partimi yanımda götürmeye karar verdim! Partimin yurt dışında, tek başıma, bir grup yabancının yanında ve neredeyse ölümle yüz yüze geldiğim bir deneyimin doğum günümle denk gelmesi, bu işin tuzu biberi oldu.

Tamamen yeni ve farklı, vahşi ve tehlikeli bir macera olduğu için nehir raftingi yapmaya karar verdim. Eleanor Roosevelt'in söylediği gibi 'Yapamayacağınızı düşündüğünüz işleri yapmalısınız.' Kosta Rica'daki yağmur ormanları Rio Pacuare ırmağının en hızlı akan bölgesindeki 4. ve 5. parkurlarda yapılan nehir rafting turları sanki tam olarak da benim için hazırlanmıştı. İtalyanca dil kurslarındaki notlarımı, su mataramı, mayomu, sandaletlerimi ve güneş yağımı valize koyup, 'Kırk Yaş Doğum Günü Kutlaması; Hayatımın En Büyük Macerası: Nehir Raftingi' için yola koyuldum

Otobüsümüz nehir boyunca uzanan yol kenarında mola verdiğinde, 'Rio Pacuare'de sağ kalmayı başardım' yazılı tişörtleri satan satıcıları gördüğümde olacakları önceden anlamalıydım. Bir tane satın alıp, üzerime giydim; benimle birlikte tüm otobüs kahkalarla gülüyordu. Belki de bir grup yabancıyla beraber bu kadar tehlikeli bir parkurda rafting yapmak konusunu daha çok düşünmeliydim, ki bunların pek çoğu daha önce bu sporu hiç yapmamıştı. Ve muhtemelen bu sporu çok az İngilizce konuşabilen ve rafting dersi olarak sıkça çok sıkı tutunmamız gerektiği gibi gelişigüzel talimatlar veren rehberle yapmamak daha iyi olurdu. Ve belki de Amerika'da hızla çoğalan sorumluluk kanunlarının bir anlamı var, en azından güvelik söz konusu olduğunda, riski üstlenmeyi teklif ediyorlar.

Evet, muhtemelen tahmin ettiniz. Daha başlayalı çok olmadan bottan yuvarlanıp küçük bir çağlayanın girdabına (onlar 'su basınçlı' diyorlar, bense 'cehennem') yakalandım ve döne döne nehrin dibine battım. Ve bu daha yolculuğun başlangıcıydı. Allah'tan başımda kaskım ve can yeleğim vardı. Onlar olmasaydı başıma neler gelmiş olacağını hayal bile edemiyorum. Yine de çarptığım onca kayanının bıraktığı yara izlerinden ve tüm o yuttuğum sudan bahsetmiyorum bile.

Pazarlık ettiğimden daha fazlasını almakla meşgulken bende hayatla ilgili bir ilahi bir anlayış gelişti. O muhteşem, vahşi nehir suları beni fırlatıp sürüklerken ve bir paçavra top gibi suya batıp çıkarken, zihnim tamamen başka bir yerdeydi. Bir şekilde ayaklarımı, olması gerektiği gibi, suyun aşağıya doğru akışına göre uzatmayı başarmıştım. Ve başımı suyun üstünde tutabilmek için elimden gelenin en iyisini yapıyordum ki bu neredeyse imkânsızdı. Nefes almaya çalışmak ve yeterli havayı alamamak korkunçtu. Fakat durumun katıksız dehşeti ve ölebileceğimi bildiğim halde, inanılmaz bir şekilde sakindim.

Hey. Nehrin en hızlı aktığı yerde suya düştüm. Tanrım, nefes almaya çalışmak ciğerlerimi gerçekten çok acıtıyor. Vay. Ölebilirim! diye düşünüyordum. Tüm bu olanlara, ölmeye ya da yaşamaya oldukça tarafsız bir şekilde yaklaşabiliyordum ve farklı bir huzur içinde adeta kendimi dışarıdan seyredebiliyordum. Belki de yapmış olduğum tüm o Budist meditasyon çalışmalarının ve okumuş olduğum tüm o 'önem vermemek' kitaplarının yararını görüyordum.

Daha sonra o gün hayatta kalmamın asıl sebebinin nehirle boğuşup, çok büyük bir güçle akan suya karşı yüzmeye çalışmayıp, nasıl yaptıysam, kendimi olayların ve suyun akışına bırakmış olmam olduğunu söylediler. Nehrin alıp beni götürmek istediği yere götürmesine izin vermiştim. Aslında üç tane girdabın içinden geçmiştim ve bu her seferinde daha kolay olmuştu.

Bu, günün en önemli olayı olmuştu. Tüm diğer raftingciler suyun kenarına çıktılar. İnsanlar dualar edip ağlıyor ve pek çoğu da gözlerinin önüne serilen bu dehşetengiz durumu seyrediyordu. Nehrin her iki kıyısını birleştiren pek çok halat vardı ve deneyimli kayıkçılar beni kurtarmak için çalışmalara başladı. Oldukça büyük bir manzara vardı.

Daha sonra rehberler kurtarma operasyonu sırasında oldukça şaşırtıcı bir biçimde çok nazik olduğumu anlattılar. Ben bunların hiçbirini hatırlamıyorum. İçten içe adamın tekinin tişörtüne yapışıp '*Hemen* beni buradan çıkartın!' diye bağırmak istediğime eminim. Fakat gerçekte kano bana yaklaştığında elimi çıkarıp uysal bir şekilde "Bana yardım edebilir misiniz lütfen," demişim. Lütfen? Gerçekten bunu söyledim mi? Sonradan pek çok kez kurtarıcıların çaresizce sudan çıkmak isteyen kişilerin hareketleri yüzünden nerdeyse boğulacak hale geldiğini öğrendim.

Kıyıya götürülüp tıbbi destek almaya başladığımda etraftaki pek çok kişi neşeyle beni alkışlamaya başladı ve pek çok yakışıklı Kosta Ricalı delikanlı beni kutlamaya geldi. Çevremdekilerin ilgisini çekmekten ve yaşadığım anın zevkini çıkarıyordum. Ta ki bota geri binip nehrin aşağısına gitmem gerektiğini söyledikleri ana kadar. Gerçekten böyle bir şey yapmaya hiç mi hiç niyetim yoktu ama başka bir şansımın olmadığını biliyordum. Ayrıca tekrar bota binip raftinge devam etmemle herkesin moralinin yerine geldiğini de söyleyebilirim.

O gün öğrendiğim şeylerden teki, yapabileceğinizin en iyisi yapmalısınız –ve sizin en iyiniz pek çok kez oldukça yeterlidir. Bazen bottan düşersiniz ve tekrar bota binip nehirdeki yolculuğa devam etmeniz gerekir. Ve bazen bir zorluğun üstesinden gelmenin en iyi yolu, olayları akışına bırakmaktır! Savaşmayın. Bırakın, zor olsun. Olayların bu şekilde olduğunu bilin, önemli olan sizin buna verdiğiniz tepkidir. Teslim olmak hiçbir şey yapmayıp pasifleşmek değildir. Ya da mükemmel olmak. Tam tersine, kendinizi bu deneyimi yaşamaya bırakmak ve *onu kontrol etmeye çalışmamak* demek olan aktif bir durumdur.

O gün nasıl hayatta kaldığımı ve bu mücadeleyle nasıl baş ettiğimi asla unutmayacağım -kim unutabilir ki? Hatta daha da önemlisi, bu 'vahşi suların' hayatımı nasıl yaşama konusunda bana verdiği ders için minnettar olup hiç aklımdan çıkarmayacağım.

Büyük Okyanus'un
ortasında batan gemiden tahliye
sandalıyla ayrılan bir adam vardı.

Bu adam yirmi bir gün boyunca okyanusun ortasında
çaresizce kurtarılmayı bekledi.

Nihayet yeri tespit edilen adam mutlu sona ulaştı.
Bir gün Rickenbacker adlı bu adamla karşılaşan,
Amerikalı ünlü yazar Dale Carnegie, ona yaşadığı
bu büyük tecrübeden neler öğrendiğini sordu.
Adamın verdiği cevap oldukça düşündürücüydü:

"Bu tecrübeden edindiğim en büyük ders,
insanın içebileceği kadar tatlı suyu ve yiyebileceği
kadar ekmeği olduktan sonra,
hayatta hiçbir şeyden şikâyet etmemesi
gerektiğidir."

Sepet

Kudretinizin gücü, çocuklarımıza ve torunlarımıza olan sevgimizdir."

Barbara Weidner

Yıllar önce kızım Sara beşinci sınıftayken hayati bir önem taşıyan bir sorunu olduğunu söyleyerek yanıma geldi. Kahverengi büyük gözlerinden yaşlar yuvarlanırken yaşadığı ikilemi anlatmaya başladı.

"Marcy benden nefret ediyor!" diyerek ağlamaya devam etti. "Benden nefret ediyor; çünkü Kathy de benim arkadaşım. Sadece onunla arkadaş olmamı istiyor, başka kimse olmasın istiyor." Hıçkırıklarını tutarak "Eğer Kathy ile görüşürsem benimle oynamayacağını söylüyor. Ama ikisi de benim arkadaşım!"

Onu teselli etmek için cici-anne rolüme büründüm ve başka insanların nasıl hissettiğini ve tepki gösterdiğini kontrol edemeyeceğimizi anlatmaya çalıştım. Duyguları anlayabilse bile, bazı şeylerin bizim kontrolümüzün dışında olduğunu ve bazı kararları ancak kendimizin verebileceğini.

Bir anneye yakışır bir öğüt verebilmek için düşünürken, "Marcy'le *sen* konuş. Onu sevdiğimi ve onunla arkadaş olmak istediğimi, ama başka arkadaşlarımın da olabileceğini *sen* söyle!"

Aman Tanrım. Bu belaya nasıl bulaştığımı çözebilmek için bir an öylece durup ona baktıktan sonra birden aklıma bir fikir geldi. Ondan izin isteyip hemen geri döneceğimi söyleyerek odadan çıktım. Aklım hızla çalışıyordu. Kendi kendimize halletmemiz gereken şeyler olduğunu öğrenmesi gerektiği kesindi. Sadece, bunu yaparken kendisini bu işte yarı yolda bıraktığımı düşünmemesi lazımdı.

Oturma odasında iki tane hasır sepet alıp çabucak içindekileri yere boşalttım ve Sara'nın odasına gittim. Bana delirmişim gibi bakıyordu.

"Bunlar ne için?" diye sordu şaşkınlıktan gözlerini kocaman açarak.

"Sana bir hayat dersi vermek için," diye açıkladım. "Sadece otur ve açıklamamı bekle."

Yatağın kenarına oturup gözlerini açtı ve dinlemeye başladı. Küçük sepeti büyük olanın içine koyup, büyüğünü sapından omzuma astım ve konuşurken yavaş yavaş odanın içinde yürümeye başladım.

"Her insan doğduğunda, Tanrı ona bir sepet verir. Bu küçük olan seninki. Büyük olan da benim. Sen büyüdükçe sepetin de büyür. Fakat fark ettiysen, senin küçük olan sepetin benimkinin içinde. Sence neden?"

Kötü kötü baktı. Hayır. Daha anlamaya başlamamış. Yaklaşmamış bile.

Devam ettim. "Senin sepetin benim sepetimin içinde; çünkü doğduğunda, kendi başına yapamayacağın pek çok şey vardı. Seni beslemek, altını değiştirmek, banyo yaptırmak ve tek başına yapamayacağın her şeyi senin için yapmak benim sorumluluğum altındaydı. Ben de senin sepetini kendi sepetimin içine koyup, bir süre her ikisini de ben taşıdım."

Başıyla işaret ediyordu ama hâlâ delirdiğimi düşünüyordu.

"Ve, sen büyüdükçe ve bazı işleri kendi başına yapabilmeyi başardıkça, bunları senin sepetinin içine koymaya başladım. Ayakkabılarını bağlamayı öğrendiğinde, bu senin sepetine girdi. Artık ayakkabılarını benim bağlamamı istemiyorsun, değil mi?"

Başıyla beni selamlayıp yumuşakça, "Hayır, bu saçma olurdu. Ben kendi ayakkabılarımı bağlayabiliyorum."

"Doğru," dedim. "Ve kendi kıyafetlerini tek başına giymeyi öğrendiğinde, bunu da sepetine koydum. Bırak seni giydirmeyi, artık sana hangi kıyafetleri giymeni söylememden bile hoşlanmıyorsun."

Başını sallayarak onayladı.

"Büyüdükçe, tek başına yapman gereken başka başka şeyler de olacak." Konuşurken küçük sepeti çıkarıp ona uzattım. "En sonunda sen de içinde tek başına yapabileceğin şeylerin olduğu kendi sepetini taşıyacaksın. Mesela kimlerle arkadaş olmak istediğine, kiminle çıkacağına, hangi okula gideceğine ve kiminle evleneceğine karar vermek gibi."

Bana bakıp, "Anladım. Tek başıma halletmem gereken şeyler var; çünkü onlar benim sepetimin içinde," dedi.

Sonunda! Işık yanmıştı işte! "Evet," diye haykırdım "Fakat bundan da iyi; çünkü bu şeylerin kendi sepetinde mi, yoksa başkasının sepetinde mi olduğuna da sen karar veriyorsun. Şimdi olduğu gibi, kiminle arkadaş olmak istediğine sen kendin karar veriyorsun. Eğer Marcy kararından hoşlanmaz ve sinirlenirse, onu öfkesini hangi sepet taşımak zorunda?"

Gülümseyerek, "Marcy'nin. Doğru mu?" dedi.

Ona sarılıp hikâyeye devam ettim. "Tamamen haklısın. Marcy'nin yanıtları senin sepetinin içinde değil. Bu sepet hikâyesi bitmeden önce anlaman gereken son bir şey daha var." Artık yüzünde kocaman bir gülümseme vardı ve küçük oyunuma dâhil olmaya başlamıştı.

Bir anlığına durup bizimle yaşayan kendi annemi ve büyükannem aklıma geldi ve eskiden benim için yaptıklarını artık benim onlara yaptığımı düşündüm. Damarlarımdaki kan çekilse de büyük basketi elime alıp, "Bir gün çok yaşlandığımda, artık kendi sepetimde taşıyamayacağım şeyler olacak. O zaman geldiğinde, sen benim sepetimdeki şeyleri çıkarıp, kendi sepetine koyacaksın. Aynen benim anneme ve büyükanneme yaptığım gibi. Sonunda benim sepetimdekiler de çıkacak; çünkü her zaman bugün olduğu kadar güçlü olmayacağım," dedim.

Uzanıp yavaşça elindeki küçük sepeti alıp, kendiminkini ona verdim. Elindeki sepetin büyük sapını tutup, benim küçük olanı aldığımı görünce, ne demek istediğimi anladı.

Yumuşakça, "Hayat bir dairedir," dedim.

Gülümseyerek sıkıca bana sarıldı ve "Anneciğim, sanırım sepetime daha fazla şey koyabilirim. Marcy'i merak etme. Bunu ben hallederim," dedi.

Oturma odasında sepetlerin içine dergileri ve potpurileri geri koyarken annem odaya girdi ve ne yaptığımı sordu. Gülümseyerek, kendini beğenmiş ve gururlu bir tavırla, doğaçlama piyesimin bir özeti anlattım. Annem gülerek dinledi.

Birkaç gün sonra bilgisayar masamın üstünde hayatımda gördüğüm en küçük sepeti gördüğümde şaşırmıştım. Avucuma sığacak kadar küçüktü. Altında annemin el yazısıyla yazılmış bir not duruyordu; "Sadece hatırla, senin sepetin düşündüğün kadar büyük değil. Sevgiler, annen."

Eski Dostlar

"Cam kırıkları gibidir bazen kelimeler,
ağzına dolar insanın... Sussan acıtır,
konuşsan kanatır..."

Oğuz Atay

Polis memuru cakalı bir tavırla caddenin bir ucundan diğerine gidip geliyordu. Cakası gösteriş olsun diye değil, alışkanlıktandı. Saat daha on bile olmadığı halde, insanın iliklerine kadar işleyen rüzgâr sokakları boşaltmıştı.

Polis güçlü yapısı ve hafif yaylanarak yürümesiyle elinde copu ustaca çevirerek kilitleri kontrol ediyor, ara sıra da dikkatli bakışlarla arkasına bakarak, bir düzen koruyucunun kusursuz bir tablosunu çiziyordu. Bu cadde daha çok, erken kapanan mağazalarla doluydu. Arada bir ışıklı tütüncüler, bütün gece açık kahveler görülüyorsa da kapıların çoğu saatlerce önce kapanmış iş yerlerine aitti.

Memur tam yolun yarısına gelmişti ki adımlarını yavaşlattı. Karanlık bir mağazanın kapı içinde ağzında yanmamış bir puro olan bir adam görmüştü. Adam polisin yaklaştığını görünce çabuk çabuk konuşmaya başladı.

"Kötü bir amacım yok. Bir arkadaşımı bekliyorum, hepsi bu. Yirmi yıl önce verilmiş bir randevu. Size biraz garip geldi, değil mi? Eğer kuşkulu bir durum olmadığından emin olmak isterseniz, anlatayım. Çok eskiden şimdi bu mağazanın bulunduğu yerde bir lokanta vardı. Big Joe Brady'nin lokantası."

"Beş yıl öncesine kadar da öyleydi. Sonra yıkıldı," dedi polis memuru.

Kapının içindeki adam bir kibrit çakıp, purosunu yaktı. Kibritin alevi solgun, keskin bakışlı, dört köşe çeneli, sağ kaşının altında yara izi olan bir yüzü aydınlatmıştı. Adam ipekli kaşkolünü yakut bir iğneyle tutturmuştu.

"Tam yirmi yıl önce bu gece, en iyi arkadaşım Jimmy Wells'le burada yemek yemiştik. İkimiz de New Yorkluyuz; burada doğduk, burada büyüdük. Ben on sekiz, Jimmy yirmi yaşındaydı. Ben ertesi sabah talihimi denemek için Batı'ya gidecektim. Jimmy'yi New York'tan çekip çıkarmak imkânsızdı. Yeryüzünde başka bir kent olabileceğini düşünemezdi bile. İşte o gece, ne durumda olursak olalım, nereden geleceksek gelelim, tam yirmi yıl sonra dakikası dakikasına burada buluşmaya karar verdik. Sonuç ne olmuş olursa olsun, yirmi yıl içinde yaşam yolumuzu bulmuş olacağımızı hesaplıyorduk."

"Çok ilginç," dedi polis. "O zamandan bu yana arkadaşınızdan hiç haber almadınız mı?"

"Bir süre mektuplaştık ama iki yıl falan sonra birbirimizi kaybettik. Batı büyük bir yer, ben de bir yerde kalmıyor, oradan oraya dolaşıp duruyordum. Ama eminim, eğer yaşıyorsa, Jimmy bu gece buraya gelecektir. O her zaman dürüst, kararlı bir insandı. Asla unutmayacaktır. Bu kapı içinde beklemek için tam bin kilometre uzaktan geldim. Eğer gelirse, buna değer doğrusu."

Bekleyen adam cebinden kapağı yakutla işlenmiş bir saat çıkardı.

"Ona üç var. Burada, lokantanın kapısında ayrıldığımızda saat tam ondu."

"Görünüşe bakılırsa Batı'da epey başarılı olmuşsunuz."

"Hem de nasıl! Jimmy'nin hiç olmazsa benim kazandığımın yarısını kazanmış olduğunu umarım. Çalışkan olduğu kadar inatçı bir gençti. Ben bu serveti yapabilmek için en keskin zekâlarla çarpışmak zorunda kaldım. Bir insan New York'ta kalınca keskin tarafı körleşir, oysa Batı'da her an bıçak gibi olmak zorundasın."

Polis memuru copunu döndüre döndüre iki adım attı.

"Neyse, ben yoluma devam edeyim. Arkadaşınızın geleceğini umarım. Saat ondan sonra hemen gidecek misiniz?"

"Yoo! Daha yarım saat beklerim. Yaşıyorsa mutlaka gelecektir. Güle güle."

Polis kilitleri yoklamaya devam etti. "Hayırlı geceler, bayım."

Rüzgâr artık çok sert esiyordu, yağmur da başlamıştı. Birkaç yaya, elleri ceplerinde, yakalarını kaldırmış olarak hızlı adımlarla geçtiler.

Bir gençlik arkadaşı ile yirmi yıl önce verilmiş randevusuna gelen adam, purosundan derin nefesler çekerek beklemesini sürdürdü.

Aradan yirmi dakika geçmişti ki karşı sokaktan paltosunun yakasını kulaklarına kadar kaldırmış, uzun boylu bir adam gölgeler arasından çıkıp kendisine doğru yürüdü.

"Sen misin, Bob?"

Kapıdaki adam, "Sen misin, Jimmy Wells?" diye haykırdı.

"Gözlerime inanamıyorum, Bob. Eğer hâlâ yaşıyorsan, seni burada bulacağımdan emindim. Yirmi yıl epey uzun bir zamanmış. Eski lokanta yıkıldı gitti, Bob. Keşke yine burada olsaydı da baş başa bir yemek yeseydik. Eh, Batı sana yaradı mı bakalım?"

"İstediğim her şeyi hem de fazlasıyla verdi. Sen epey değişmişsin, Jimmy. Bu kadar boylanacağını hiç tahmin etmemiştim."

"Evet, yirmimden sonra beş altı santim daha uzadım."

"New York'tan memnun musun, Jimmy?"

"Fena değil. Belediyede çalışıyorum. Ama gel, Bob, şurada bir yere gidelim, eski günleri anarız."

İki adam kol kola yürümeye başladılar. Batı'dan gelen adam, bencilliği kazandığı başarıyla daha da artmış olarak yaşam öyküsünü anlatmaya koyuldu. Diğeri ise paltosunun içinde kaybolmuş, dikkatle onu dinliyordu.

Köşede parlak ışıklar içinde yüzen bir tütüncü vardı. Oraya gelince ikisi de aynı anda başlarını çevirip, birbirlerinin yüzlerine baktılar.

Batı'dan gelen olduğu yerde durup kolunu çekti.

"Sen Jimmy Wells değilsin. Yirmi yıl çok uzun bir süre, ama insanın burnunu ufaltacak kadar değil."

Uzun boylu adam, "Ama bazen bir insanı kötü yola sürükleyecek kadar uzundur," dedi. "On dakikadır tutuklanmış durumdasın 'İpekli' Bob. Chicago polisi yolunun belki de buraya düşeceğini düşünerek bize haber göndermişti. Seninle görüşmek istiyorlar sanırım. Gürültü çıkarmayacaksın, değil mi? Zaten senin için en hayırlısı bu. Karakola götürmeden önce sana şu kâğıdı vermemi söylediler. Şöyle ışığın altına gel de oku. Polis memuru Wells gönderdi."

Batı'dan gelen adam katlanmış olan küçük kâğıdı açtı. Okumaya başladığında kaskatı duran elleri titremeye başladı. Not çok kısaydı:

Bob,

Randevuya tam zamanında geldim. Puronu yakmak için kibriti çaktığında, karşımda Chicago polisi tarafından aranan biri olduğunu gördüm. Her nedense bu işi kendim yapamadım, karakola gidip, sivillerden birine bıraktım.

Jimmy

Oğlumu Görmeden Asla

"Çocuğunun gözündeki parıltı,
bir baba için ölümsüzlüğün işaretidir."

Tanıl Yaşar

Kocam Steve, ölmek üzereydi. Otuzdan fazla kez hastaneye yatıp çıkmıştı. Bu yatışların pek çoğu, yoğun bakım ünitesindeydi. Her ne kadar onun yaklaşan ölümü üzerine konuşuyor olsak da bunun, hastanede ya da evde kalan günlerimizdeki mutluluğumuzu çalmasına izin vermemeye çalıştık. Steve, hâlâ gitar çalıp, müzik yapmaya çalışıyordu. Ben, yaşamın onsuz nasıl olacağını pek düşünmemeye çalışıyordum. Sadece Steve ve üç çocuğumuzun bakımı için yapılması gereken her şeyle ilgilenmeye özen gösteriyordum. Sanki Tanrı bana, yapılması gereken her şeye katlanmam için, kapasitemin de ötesinde ekstra enerji ve azim vermişti.

Sonra, ben de bazı semptomlar belirmeye başladı, kusmaya başladım ve hareket edemeyecek kadar halsizdim. Birkaç gün sonra, Steve hamile olabileceğimi söyledi. "Olamaz!" dedim. Nasıl hamile olabilirdim? Kocam ölüyordu ve ergenlik çağında iki, henüz okula başlamamış bir çocuğum vardı.

Eczaneye gidip bir doğum kontrol testi almam konusunda ısrarcı oldu. Direnmeme rağmen, sonunda dediğini yaptım. Kocam, genç kızım ve ben, sonuçları beklerken, ben kararlı bir şekilde hamile olma olasılığımı reddettim.

Sonuçlar pozitif çıktığında, konuşamadım. Sadece testi kaldırdım ve onların 'pozitif' olduğunu görecekleri şekilde tuttum. Steve sevinçten havalara uçmaya başladığı anda, ben de şok içinde oturdum. Yıllardır onu bu kadar mutlu görmemiştim. Hissizleşmiştim! On üç yaşındaki kızım Chrissy, heyecanla, "Bravo, anne ve baba. Bunun nasıl olduğunu bilmiyor musunuz?"

Şoku atlatmaya başladıkça, kafamın içinde sorular dönmeye başladı. Dört çocuğu Steve olmadan nasıl yetiştireceğim? Şu anda uğraştıklarımdan fazla daha neyle başa çıkabilirim? Tüm bu medikal harcamaların yanında bir başka çocuğa bakamayız. Kocam ölürken, benim hamile olmama insanlar ne der? Steve, bu bebeği görebilecek kadar yaşayacak mı?

Steve, yeni bebeğimizi dünyaya duyurmak için sabırsızlanıyordu! Pazar günü kilisede söylemeyi planlıyordu. Oysa ben daha gerçek olduğuna bile inanamıyordum. Hâlâ bu fikri sindirmeye çalışıyordum. Bu haber, Steve'e yeni bir hayat ve yaşamak için yeni bir sebep vermişti. Ben de ona, duyurabileceğini söyledim. Steve, tüm kiliseye gururla bebeğimiz olacağını söylemek için ayağa kalktığında, ben bankta küçülüp yok olmak istedim. Herkes benim kadar şaşırmış ama en az Steve kadar mutlu görünüyordu. Eve döndüğümüzde, artık başkaları da bildiğine göre bunun gerçek olduğuna karar verdim.

Aylar geçtikçe, Steve, onu tekrar hastaneye yatıracak pek çok kriz geçirmeyi sürdürdü; ancak ruh hali, yeni bebek düşüncesiyle her zamankinden daha iyiydi, özellikle de erkek olacağını öğrendikten sonra! Hastanede tanıdığı hemşirelerle karşılaştığında, doğacak oğluyla ilgili övünüyordu. Onu daha önce bu kadar gururlu gördüğümü sanmıyorum. Belki de gereksiz ve yük olma duygularıyla savaştığı içindi. Bir erkek babası olarak, bilinen en büyük zaferlerden birini başarmıştı.

Bir gün bana, oğlumuz için bir isim seçtiğini söyledi. Geçici olarak, "Peki?" dedim.

"Adı Jake olmalı."

"Jake! Bu bir kovboy ismi! Artık kimseye Jake ismini vermiyorlar!" (Bu neredeyse herkes oğluna Jake ismini vermeye başlamadan hemen önceydi.) Tartışmak istedim ama tartışacak halim yoktu. Çok gururluydu. Muhtemelen oğlunun yaşamının bir parçası olamayacağı için, en azından ismini o verebilirdi.

Hamileliğimin bir döneminde, Steve'i neredeyse kaybediyorduk. O gün hastanede, başucunda beklerken, Steve, en azından oğlu onu tanıyana kadar ölmeyeceği konusunda beni ikna etti.

Doğumun planlandığı gün, Steve gerçekten hastaydı. Hemşireler bana ilaç verirken, Steve'in erkek kardeşi, ona daha çok ilaç almak için eczaneye gidiyordu. Hiçbir şey, onu Jake'in doğumundan alıkoyamazdı. Ağrılar yoğunlaştıkça, Steve'in her zaman çektiği acıları soğukkanlı bir şekilde karşıladığını bilerek, sakin olmaya çalıştım. Benimle son derece ilgiliydi -ta ki bebek doğana kadar! Sonra beni tamamen unuttu! Bebeği kucağına aldı ve herkese göstermek için her odayı gezdi. Daha benim göremediğim bebeğim için atılan çığlıkları duyuyordum.

Gün içinde Steve nasıl acılar çekmiş olursa olsun, yeni oğlumuzla yerini mutluluğa bırakmıştı. Yıllardır yüzünde bu kadar sağlıklı bir renk görmemiştim.

Jake'i eve getirdiğimizde, Steve onu doyurdu ve uyuttu. Ona gitar çaldı. Yeni oğlunu tanımak için mümkün olan her anı değerlendirdi. Steve'i yine hastaneye yatırdığımız zamanlar oldu ama o yaşamak için direndi. Hastaneye gittiğimizde, Jake babasıyla kısa bir süre kalabiliyordu; çünkü babasına tırmanıyor, tüplerini çıkarıyordu. Steve sadece, "Sorun değil! O benim oğlum!" diyordu. Steve'in en yorgun olduğu zamanlarda bile, Jake etrafta olduğu zamanlarda yüzü aydınlanıyordu.

Bir sabah Steve sessizce öldüğünde, Jake iki yaşını biraz geçmişti. Geri gelmeyeceğini bilerek suni teneffüs yaptığım sırada, Jake'in masum bir şekilde, babasının yanında yatmak için yatağa tırmandığını fark ettim. Tıpkı o doğduğunda babasının onun yanında olduğu gibi, Steve öldüğünde oğlu onun yanındaydı.

Jake şimdi on beş yaşında. Babasıyla ben görüşmeye başladığımızda Steve de on beş yaşındaydı. Babası gibi kıvırcık saçları ve çekici bir yüzü var. Daha da önemlisi, davranışları tıpkı babası gibi. Çok canayakın ve dışa dönük. Mutlu, saygılı, genç bir adam. Gitar bile çalıyor, babasının gitarı. Babasının müziklerini dinliyor. Hamile olduğumu öğrendiğim an yaşadığım şoku hatırlıyor ve gülüyorum. Jake'i, hiçbir şeye değişmem! Sık sık, babasına dair hatırladıklarını anlatıp beni şaşırtıyor. Tanrı, Steve'e, Jake'in onu tanımasına yetecek kadar yaşama şansı verdi!

Sevmeden
bir şeyler verebilirsiniz,
ama bir şeyler vermeden sevemezsiniz...

Yoldaki Çiçekler

Denizin dibinde incilerle taşlar karışık bulunurlar, övülecek şeyler de kusur ve yanlışların arasında bulunurlar."

Mevlânâ

Hindistan'da bir sucu, boynuna astığı uzun bir sopanın uçlarına taktığı iki büyük kovayla su taşırmış. Kovalardan biri çatlakmış. Sağlam olan kova her seferinde ırmaktan patronun evine uzanan uzun yolu dolu olarak tamamlarken çatlak kova içine konan suyun sadece yarısını eve ulaştırabilirmiş.

Bu durum iki yıl boyunca her gün devam etmiş. Sucu her seferinde patronunun evine sadece bir buçuk kova su götürebilirmiş. Sağlam kova başarısından gurur duyarken, zavallı çatlak kova görevinin sadece yarısını yerine getiriyor olmaktan dolayı utanç duyuyormuş.

İki yılın sonunda bir gün çatlak kova ırmağın kıyısında sucuya seslenmiş:

"Kendimden utanıyorum ve senden özür dilemek istiyorum."

"Neden?" diye sormuş sucu. "Niye utanç duyuyorsun?"

Kova cevap vermiş:

"Çünkü iki yıldır çatlağımdan su sızdığı için taşıma görevimin sadece yarısını yerine getirebiliyorum. Benim bu kusurumdan dolayı sen bu kadar çalışmana rağmen emeklerinin tam karşılığını alamıyorsun."

Sucu şöyle demiş:

"Patronun evine dönerken yolun üstündeki çiçekleri fark etmeni istiyorum."

Gerçekten de tepeyi tırmanırken çatlak kova patikanın bir yanındaki yabani çiçekleri ısıtan güneşi görmüş. Fakat yolun sonunda yine suyun yarısını kaybettiği için kendini kötü hissetmiş ve yine sucudan özür dilemiş.

Sucu kovaya sormuş:

"Yolun sadece senin tarafında çiçekler olduğunu ve diğer kovanın tarafında hiç çiçekler olmadığını fark ettin mi? Bunun nedeni benim senin kusurunu bilmem ve ondan yararlanmamdır. Yolun senin tarafına çiçek tohumları ektim ve her gün biz ırmaktan dönerken sen onları suladın. İki yıldır ben bu güzel çiçekleri toplayıp, onlarla patronumun sofrasını süsleyebildim. Sen böyle olmasaydın, o evinde bu güzellikleri yaşayamayacaktı."

Önce Kendine İnan

"Yüreğinin ve beyninin ateşine güvenmeyenler,
kalıcı başarılara imza atamazlar."

Friedrich Nietzsche

İş adamının işleri bozulmuştu. Ne yaptıysa olmuyordu. Bir zamanlar çok başarılı bir insan olmasına rağmen şimdi büyük olan sadece borçlarıydı. Bir taraftan kredi verenler onu sıkıştırırken, diğer taraftan da bir sürü insan ödeme bekliyordu. Çok bunalmıştı ve hiçbir çıkış yolu bulamıyordu. Nefes almak için parka gitti. Bir banka oturdu, başını ellerinin arasına aldı ve bu durumdan nasıl kurtulacağını düşünmeye başladı. Tam bu sırada birden, önünde yaşlı bir adam durdu.

"Çok üzgün görünüyorsun. Seni rahatsız eden bir şey olduğu belli... Benimle paylaşmak ister misin?" diye sordu yaşlı adam.

İş adamının yakınmalarını dinledikten sonra da, "Sana yardım edebilirim," dedi.

Çek defterini çıkardı. İş adamının adını sordu ve ona bir çek yazdı. Çeki ona verirken de şöyle dedi:

"Bu para senin. Bir yıl sonra seninle burada buluştuğumuzda bana olan borcunu ödersin. Haydi al," dedi.

Ve yaşlı adam geldiği gibi hızla gözden kayboldu.

İş adamı elindeki çeke baktı. Çekte 500 bin dolar yazıyordu ve imza ise John Rockefeller'e aitti; yani o gün için dünyanın en zengin adamına.

"Tüm borçlarımı hemen ödeyebilirim," diye düşündü.

John Rockefeller'e ait bu çekle her şeyi çözebilirdi. Ama çeki bozdurmaktan vazgeçti. Bu değerli çeki kasasına koydu. Onun kasasında olduğunu bilmenin güveniyle yepyeni bir iyimserlikle işine tekrar dört elle sarıldı. Büyük küçük demeden tüm işleri değerlendirmeye başladı. Ödeme planlarını yeniden yapılandırdı. İyi yapılan işler, yeni işleri doğurdu. Birkaç ay sonra tekrar işlerini yoluna koyabilmişti.

Takip eden aylarda ise borçlarından tümüyle kurtulup, hatta para kazanmaya başlamıştı. Tüm bir yıl boyunca çalıştı durdu. Tam bir yıl sonra elinde bozulmamış çekle parka gitti. Kararlaştırılmış saatin gelmesini bekledi. Tam zamanında yaşlı adamın hızla ona doğru geldiğini gördü. Tam ona çekini geri verip, başarı öyküsünü paylaşacakken bir hemşire koşarak geldi ve adamı yakaladı.

Hemşire, "Onu bulduğuma çok sevindim, umarım sizi rahatsız etmemiştir," dedi. "Çünkü bu bey sürekli olarak huzur evinden kaçıp, bu parka geliyor. Herkese kendisinin John Rockfeller olduğunu söylüyor," diye ekledi.

Hemşire adamın koluna girip, onunla birlikte uzaklaştı.

İş adamı şaşkın bir şekilde öylece durdu kaldı. Sanki donmuştu. Tüm yıl boyunca arkasında yarım milyon dolar olduğuna inanarak işler almış, yapmış ve satmıştı. Birden, hayatının akışını değiştiren şeyin para olmadığını fark etti.

Hayatını değiştiren, kendine yeniden güvenmesi ve inanmasıydı.

Bir Parça Sevgi Ve İnsanlık

"İyilik hiçbir zaman boşa gitmeyen tek yatırımdır."

Thoreau

Okuma ve öğrenme zorluğu çeken çocuklara özel eğitim veren bir okul için bağış toplama yemeğinde, çocuklardan birisinin babası katılımcılar tarafından asla unutulmayacak bir konuşma yaptı.

Okula kendini adamış öğretmenleri kutladıktan sonra şöyle bir soru sordu:

"Dışarıdaki etkenler tarafından etkilenmedikçe, doğa her şeyi mükemmel bir şekil ve sırada yapıyor. Ama yine de oğlum Shay, diğer çocukların öğrendikleri gibi öğrenemiyor. Diğer çocukların anlayabildikleri gibi anlayamıyor. Oğlumda doğal olması gereken şeyler nerede?"

Bu soru karşısında dinleyiciler sessiz kaldılar.

Baba devam etti:

"Ben inanıyorum ki dünyaya fiziksel ve zekâ engelli Shay gibi bir çocuk geldiğinde, gerçek insan doğası kendini gösterme fırsatını buluyor ve bu da insanların o çocuğa davranış şekillerinde kendini gösteriyor."

Ve sonra aşağıdaki hikâyeyi anlatmaya başladı:

Shay ve babası bir gün parkta, Shay'in tanıdığı birkaç çocuğun beyzbol oynadıklarını gördüler.

Shay sordu:

"Acaba oynamama izin verirler mi?"

Shay'in babası, çoğu çocuğun Shay gibi bir çocuğun takımlarında oynamasını istemeyeceklerini ama aynı zamanda eğer oğluna izin verirlerse, oğlunun o çok ihtiyacını duyduğu, engellerine rağmen başkaları tarafından kabul edilmenin özgüveni ve sahiplenme duygusunu vereceklerini de biliyordu.

Shay'in babası çocuklardan birinin yanına yaklaştı ve fazla bir şey beklemeyerek Shay'in oynayıp oynayamayacağını sordu.

Çocuk şöyle danışabileceği birilerine baktı ve sonra, "Şu anda altı sayı gerideyiz ve oyun sekizinci turunda. Herhâlde takıma girebilir, ben de onu dokuzuncu turda vurucu olarak sokmaya çalışırım," dedi.

Shay büyük bir gayretle takımın yanına gitti ve yüzünde kocaman bir gülümsemeyle takım tişörtünü giydi.

Babası gözünde yaş, kalbi sıcak duygularla dolu onu izledi. Çocuklar oğlunun kabul edilmesinden dolayı babanın mutluluğunu gördüler.

Sekizinci turun sonunda Shay'in takımı birkaç puan kazandı ama hâlâ üç sayı gerideydi. Dokuzuncu turun başında Shay eldiveni eline geçirdi ve sağ açık sahaya çıktı. Ona doğru hiç top isabet etmemesine rağmen oyunda olmaktan son derece mutluydu ve babasının ona tribünlerden el salladığını gördüğünde, yüzünde kocaman bir gülümseme vardı.

Dokuzuncu turun sonunda Shay'in takımı yine puan kazandı. Şimdi bütün kaleler doluydu, oyunu kazanma şansı ortaya çıkmıştı ve topa vurma sırası Shay'e gelmişti. Bu noktada Shay'in vurucu olmasına izin vererek oyunu kaybetme riskini mi almalıydılar?

Ancak şaşırtıcı bir hamleyle Shay'e sopayı verdiler. Herkes topa isabet ettirme şansının sıfır olduğunu biliyordu; çünkü bırakın topa vurmayı, Shay sopayı bile elinde tutmasını bilmiyordu. Ama Shay sahaya çıktığında top atıcı, diğer takımın kazanma şanslarını bir kenara bırakarak, Shay'e bu fırsatı tanıdıklarını görünce birkaç adım öne giderek yumuşak bir şekilde topu Shay'e doğru fırlattı.

İlk topa Shay zorlukla sopayı savurdu ama ıskaladı. Atıcı tekrar birkaç adım öne doğru geldi ve topu yine yumuşak bir şekilde Shay'e doğru attı. Shay sopayı savurdu ve hafifçe topa dokunarak yere, atıcıya doğru vurdu.

Oyun şimdi bitecekti. Atıcı topu yerden alıp ilk kaledeki adamına kolaylıkla atabilecek ve Shay'i sobeleyerek oyunu bitirebilecekti. Ama atıcı topu aldı ve ilk kaledeki adamının başının üzerinden diğer takım arkadaşlarının erişemeyeceği yere fırlattı.

Tribünlerdeki herkes ve iki takım da bağırmaya başladılar:

"Shay, ilk kaleye koş, ilk kaleye koş!"

Shay hayatında hiç bu kadar uzağa koşmamıştı ama ilk kaleye gidebildi. Şaşkınlıktan büyümüş gözleriyle yere çöktü.

Herkes bağırmaya devam etti:

"İkinci kaleye koş, ikinci kaleye koş."

Nefes nefese Shay zorlukla ikinci kaleye koşabildi. Shay ikinci kaleye geldiği sırada açık sahada diğer takımdan biri topu almıştı... Takımın en küçüğü olan bu çocuk kahraman olma şansını elinde tutuyordu. Topu ikinci kaledeki adamına atabilirdi ama top atıcısının niyetini anladığından o da kasıtlı olarak topu üçüncü kaledeki arkadaşının başının üzerinden attı.

Herkes bağırıyordu:

"Shay, Shay, Shay, bütün yolu koş Shay!"

Karşı takımdan birinin yardım ederek onu üçüncü kaleye doğru döndürmesiyle Shay üçüncü kaleye koşabildi.

"Üçüncüye koş Shay, üçüncüye koş!"

Shay üçüncüye gelirken diğer takımdaki çocuklar ve seyirciler ayağa kalkmışlardı ve bağırıyorlardı:

"Shay, hepsini koş! Hepsini koş!"

Shay hepsini koştu ve oyunu takımı için kazanan bir kahraman olarak herkes tarafından alkışlandı.

"O gün," dedi babası, gözlerinden yaşlar aşağıya doğru süzülerek, "iki takımdaki çocuklar da dünyaya bir parça sevgi ve insanlık getirmeyi başardılar."

Shay bir sonraki yaza yetişemedi. O kış öldü. Bir kahraman olduğunu ve babasını mutlu ettiğini ve eve geldiğinde annesinin de gözyaşları içinde onu kucakladığını asla unutmadı!

Gürültü, patırtının ortasında
sükûnetle dolaş; sessizliğin içinde huzur bulduğunu
unutma. Başka türlü davranmak açıkça gerekmedikçe
herkesle dost olmaya çalış; ama kimseye teslim olma.

Telaşsız, açık seçik konuş. Başkalarına da kulak ver,
aptal ve cahil oldukları zaman bile dinle onları; çünkü
dünyada herkesin bir hikâyesi vardır.

Yalnız planlarının değil, başarılarının da tadını
çıkarmaya çalış, işinle -ne kadar küçük olursa olsun-
ilgilen. Hayattaki dayanağın odur.

Olduğun gibi görün. Sevmediğin zaman sever gibi
yapma. Aşka burun kıvırma sakın. O çöl ortasında
çimenli bir yerdir.

Yılların geçmesine öfkelenme; gençliğe
yakışan şeyleri gülümseyerek teslim et geçmişe.
Ara sıra isyana yönelecek gibi olsan bile hatırla ki
kâinatı yargılamak imkânsızdır. Onun için kavgalarını
sürdürürken bile, kendi kendinle barış içinde ol.
Görmeye çalış ki; bütün pisliğine ve
kalleşliğine rağmen
dünya yine de güzeldir.

Bebek Özlemi

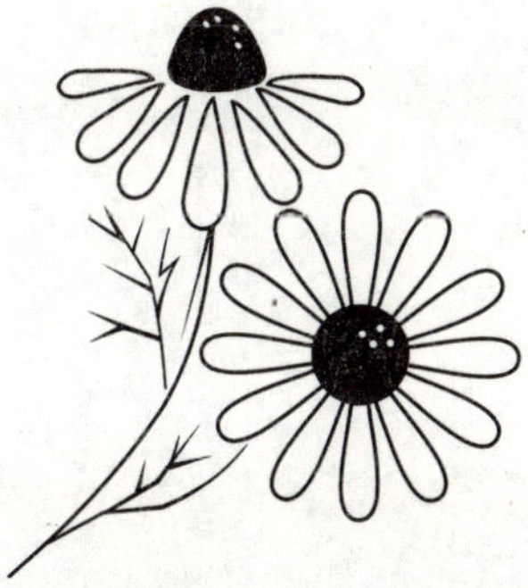

"Çocuk, dünyanın en büyük saadetidir."

Dostoyevski

Nereden başlasam diye çok düşündüğüm şu an için umut olan ama bir dönem sancılarla geçirdiğim çok başlangıcım oldu...

İlk başlangıç eşimle tanışmak ona evet demek olabilir belki de. O evet sonrası yeni bir başlangıç oldu. Belki de burada sizinle en çok buluşmama sebep olan da bu başlangıç oldu... Evlenmeden önce eğitimim devam ettiği için, eşimle 5 yıl kadar çocuk sahibi olmama kararı almıştık. Bunun için önce iyi bir aile planlama merkezine gitmeye karar verdik. Aslında iyi olmadığını, iyilerini görünce anladım. Kadın doğumcu bize bilgilendirme yaptı, sonra da dedi ki; "İsterseniz bir sperm testi yapalım, eğer ki bir problem var ise boşuna 5 yıl kadar zaman kaybı olmamış olsun."

Daha sonra, benden birkaç çeşit test isteyeceğini söyledi. Eşim testi yaptırdı. Sonucu almaya gittiğimizde, eşimin adını söylediğimizde laboratuvardaki kişilerde bile bir anormallik vardı. Test sonucu belirten kâğıdı hemen açtık, kâğıtta olması gereken değerler yazıyordu. Ben bir anlam veremedim. Doktorumuz, test sonucuna göre canlı dokusu bulamadığını, bunun için acil olarak ürologa gözükmemizin iyi olacağını ve bizlerden birtakım testler isteyeceğini falan söyledi. O konuştu ben içli içli dinledim. Hem çok anlamsız gelen sözler hem de o onda sorgulamaya başladığım bir hayatım. Lafın sonunda ise hiç çekinmeden, "Bebek isteyen bir çiftseniz bu birlikteliği gözden geçirin," dedi.

Aslında sonradan yapılan itiraflarımızda daha ilk cümlede gözden geçirdiğimiz çok şey olduğunu öğrendik. El ele girdiğimiz yerden eşim benden uzaklaşarak indi ve "Bu iş bitti," dedi. Öylece kalakaldığıma mı yanayım, aldığım habere mi, anne olmama ihtimalimle birlikte seçmekte olduğum birçok şeye mi? Evli olsam üstesinden gelmem daha kolay olabilirdi. Gitmesine izin mi vermeliydim? Yoksa beklemeli? O gün, o gece nasıl geçti anlatamam. Acaba anneme söyleyeyim mi?

Ama bir gerçek var ki o gün çok ağladım... Zaten bir daha istesem da o kadar ağlayamadım... İlk bir hafta zor geçti tabii. Eşim evlilik planlarını ertelediğini söyledi. Ben kararımı vermiştim, kesinlikle evleneceğiz.

Ama nasıl ikna edeceğim! Arada yaşadığım gelgitler de cabası... Dedim ki, "Tamam, evlenelim hem de evlat edinmek için gerekli araştırmaları yapalım. Ne olacak herkes doğuracak değil ya, dedim. Zar zor ikna ettim. Evlendik...

Evlenmeden önce ise, hazırlıklarımızla birlikte yapılması gereken testler yaptırdık. Hormonlar temiz, hiç problem yok. Her şey çok iyi ama sperm üretimi yok. Sonuç olarak ameliyatla kanallara girilip, canlı dokusu aranacak. Artık durum çok belliydi ama hepsinden önemlisi eşim çok büyük bir değişiklik yaparak durumu kabullendi.

Evliliğimiz ilk aylarında bir kere bile konuşmadık bu konuyu. Sağa sola, eşe, dosta da "5 yıl çocuk yok," dedik. Bir nevi zaman kazanma isteğiydi bizim ki. Yaşadığımız şehir çok küçük, imkânlar belli. Yaşım çok küçük, toyum, cahilim; eşim deseniz kime gitsin kime sorsun? Ne yapmalı ne etmeli düşüncesiyle süren sessizliğimizi bir akşam yemeğinde pazarlık yaparak son buldurmuştum. Dedim ki, "Olursa olur, olmazsa bir yavruya sahip çıkarız ama var mısın? Hazır mısın?"

Ürologa yeniden gittik. Her şey çok normal olduğu için doktorumuz, "Vücudun sperm üretimini sağlaması için ilaç yüklemsi yapıp, sperm üretmeyi öğreteceğim yani," dedi. Yeni bir sperm üretimin olması için yetmiş küsur gün olması gerektiğini, bunun için de ilacı 4 ay kadar kullanmamız gerektiğini söyledi. Tabii kullandık. Sabah bir, akşam bir ilaç alıyordu. Test yaptırdık süre dolunca. Sonuç sıfır, yani hiçbir değişiklik yok idi.

Sonradan öğrendim ki o dönemde, yani 2001 yılındayken ilaç zararlı olduğu gerekçesiyle tam 12 yıl önce piyasadan çekilmiş. Ya da biz öyle sanıyoruz... Düşünün nasıl geriden geliyoruz tedavi için ve kimlere umut bağlıyoruz... Zaman hızla akıp geçmiş, 2 yıl geride kalmıştı bile. Artık İstanbul'la tanışma zamanı gelmiş, bu tanışmışlıkla birlikte şaşkınlıklarımız da başlamıştı...

İyi bir hastanede *mikro tese* yapılmasına karar verdik. Ben tüp bebek için hazırlık yapmadım. Daha doğrusu doktorumuz yönlendirmedi, "Önce sperm bulalım, bir kere bulursak, hep buluruz," dediler. O gün yerdeki döşemeleri kaç kez saydığımı bile unutmadım aslında. Nasıl bir bekleyiş olduğunu, ne giydiğimi, kimle kaç cümle kurduğumu bile hatırlıyorum hâlâ. Yalnızdım yine... Doktorumuz gözüktü kapıda. Suratta öyle başkalarının dediği gibi hüzün ya da başka bir şey yoktu. Donuk, mat anlamsız bakan bir ifade vardı. Belki o gün bir şeyler değişecek olsa yine aynı ifade ile 'Evet, bulduk,' diyecekdi.

"Hanımefendi, eşinizde herhangi bir canlı dokusu bulunmadı; şu anda dinleniyor, birazdan ayılır. Ameliyat sonrası için gayet iyi kendileri," dedi... Valla ne yalan söyleyeyim, şöyle hokkalı bir küfür salladım kendisine. 'Eee,' dedim, 'ne yapayım, adamın peşinden mi koşup soru sorayım, eşime mi bakayım?' Odasına gittim ve bana "Uğraşmayın," dedi. "Donör kullanın ya da evlat edinin," dedi. Çok ağlamak istedim ama ağlayamadım asıl görev şimdi başlıyordu. Eşim haber bekleyecek, soracaktı. Bir müddet sonra odasına aldılar, gittim, sarıldım. Çok sıkı öptüm dudaklarından içim kıpırdadı, dedim ki "Evet, bu iş daha bitmedi! Biz bunu başaracağız!"

Ameliyat sonrası birbirlerini bu kadar arzulu öpen kaç çift vardır dünya da? Eşim hiç soru sormadı, ben de olmadı demedim. Evimize geldik ve iş güç kaldığı yerden devam etti ama bu olay evliliğimizi çok daha kutsal yaptı. Savaşa devam ederken ve kararlığım devam ederken, eşimde sperm olmadığı haberinden sonra, bir gece daha bu kadar çok ağladığım ikinci gecem daha oldu. O gece ilkinden de daha çok acıtır canımı.

Amcamın kızı doğum yapmıştı. Bebek mevlidine gittik. Hani adettendir ya, bebeğe hediyesi takılır, kucağa alınır… vermedi kızını bana. "Senin çocuğun hâlâ yok," dedi. Ay nasıl çıktım o gün o evden, nasıl evime gittim bilemedim.

O gece yine derin derin ağladım. Geçen 3 yıla yakın zamana karşı değişmeyen şeylere ağladım. Kendi kendime içlenmeme ağladım… 'Neden' diye sorup ağladım... İçimdeki irin akana kadar ağladım. Hem sustum hem ağladım.

Donör meselesi gündeme geldi. Aklımın bir köşesinde 'Nasıl olur acaba?' sorusu... Acaba dedim eşimle yerlerimizi değiştirsek, ne hissederdim? Ama yine de internet üzerinden araştırma yaptım. Genellikle bu tür vakalarda sağlıklı evlilik yürüten çiftlerin pek olmadığı, olanların 1 ila 3 yıl arasında evliliklerini bitirdiklerini okudum. Yine internet üzerinden bunu denemiş çiftlerle görüşme fırsatım oldu. Türkiye için durum nedir bilemiyorum ama yurt dışında bu konuyu rahatlıkla aşmışlardı. Artık kabul ediliş kendisini daha çok hissettirirken, CAN düştü kucağımıza. İlk göz ağrım, canım benim...

Hayatımızı tamamen değiştiren sürme gözlü oğlum. Tabii ona hemen sahip olmadık ya da sahip olalım fikri hemen doğmadı. Çünkü kendinize kabul ettirseniz bile bir de sosyal çevreniz var. Aslında kendinizden daha çok onlara ne anlatacağımızı düşünür olmuştuk ya da düşünür olmuştum. Acaba kabul ederler mi, acaba eşim kabul edebilecek mi, acaba ben başkasının çocuğuna bakabilecek miyim? Şu an başkasının çocuğu cümlesi bile beni gerçekten çok etkiliyor. Gerçekten sevince, doğurup doğurmadığınız unutuluyor.

İlk olarak Can'ın masraflarını karşılamaya başladık; annesi babasından ayrıldı. Tamamen onlara bakmaya başladık. Ama içim kayıyordu Can'a. Bu arada yoğun tedavi programları devam ediyordu. Çeşitli kürler öğreniyordum ve eşime yediriyordum. Ya işe yararsa! Keçiboynuzundan tiksinmemin en önemli sebebi budur sanırım. Bir ara ne duysam yapar olmuştum. Ot içe içe hastalanmaya başladık. Bir tek eşim değil, ben de ona eşlik etmek için içiyordum. Bir tek damlara çıkıp bağırmamıştık, onun dışında her şeyi denedik. Doktorlar programlamaya başlar olmuştu bizi. Bu arada denenen bir *mikro tese* daha ve değişmeyen sonuç; sonrası bu defter kapanmıştı. Aslında kabul edişim kolay gibi gözükse de kolay değildi. Eşim kesin ayrılma kararı aldı. Evden bir hafta kadar uzaklaştı ve hiç aramadı, sormadı. O dönemde aileme, onun iş gezisinde olduğunu söylemiştim. Derin merak duygusu içinde, 'Acaba polise mi gitsem? Kendisine bir şey olmuş mudur?' sorusuna, bir de 'Şimdi herkes öğrenecek, rezil olacağız,' düşünceleri de sarıyordu kafamı. Aslında ne yalan söyleyeyim, ben de vazgeçtim kendisinden o dönemde. Çünkü salondaki masamızda yüzüğünü bulunca, 'Eh,' dedim, 'bana bunu da mı yapacaktın!' Çocuğu olmadığı için ona çocuk vermek için savaşan kadını, geride bırakıp giden bir adamdı benim kocam ve ben ne için uğraşıyordum. Çok sordum 'Bu kadar haklı olabilir mi?' diye. Mesaj çektim, tamam istiyorsan bitirelim, gel evden al pılını pırtını diye. Bu mesaj eşime kendine getirirken, beni çok yormuştu. O gece eşim gelecek diye Canlara gittim. Annesi koynuma verdi Can'ı. Böyle kulaklarının arkasından öyle tatlı bir koku geliyordu ki; içim ona daha bir aktı.

Eşimle buluşup, konuştuğumuzda bu konunun bizim için kapandığını, zaten başka da çaremiz olmadığının her ikimiz içinde tek doğru karar olduğunu fark ettik. Tabii yine de insan her şey için bu son cümlesini kuramıyor ama Can'la olan ilişkimiz her geçen gün artmaya, onsuz hiç duramamaya başlamıştık. Sonuç olarak nasıl çıktı bu konu tam bilemiyorum ama birden annesi çocuğu bize emanet etmeye (tabii kendisi de bizimle birlikte olma şartıyla) biz de Can'ı oğlumuz kabul etmeye karar verdik. Eşim babası oldu, ben önceleri cici annesi. Baba kavramı olmadığı için onu bu anlamda benimsemesi daha kolay oldu. Tüm bu süreç sonrası Can'ı her şeyiyle oğlumuz kabul ettiğimizi, bize ait ne varsa onun da olduğunu duyurmaya başladığımızda, tepki almaya başladık. Kimse anlam veremiyordu, çocuk sahibi olamadığımızı bilinmiyordu, yine de ikimiz de olmuyor demedik. 'Bu bizim kararımız,' dedik. Annem ve babam hiç tepki vermeden kabul etti. Sonradan öğrendim ki annem, 'Hamile bir kadına bile öyle içli bakardın ki biz bir problem olduğunu anlamıştık,' dedi. Onun için hiç tepki vermemişlerdi.

Can'la hayatımız başladıktan bir yıl sonra, hem ameliyatlar sonrası için hem de son olarak genel bir kontrole gitti eşim. Son bir semen analizi dediler ve sonuç şok etti. Canlı bulunmuştu. Canlı sağlam birkaç sperm…

'Nasıl olur?' dedik. Sevinçten ağladık. Hemen tüp bebek. Her şey o kadar kolay ilerliyordu ki. *Lucrin* kullanmam gerekiyordu. Adet olduktan sonraki 20 gün başlatıyordu kadın doğum doktorum ve ben iki gün sonra ilk iğnemi olmuştum. Sonra regli oldum. Göbeğimden *gonalf* iğnelerini olmaya başladım. Ciddi kilo kaybım oldu. Çok hastalandım. Yumurtalarım toplandı derken 8 tane embriyo oluştu ve 2 tanesi transfer edildi. Geriye kalan 6 tane donduruldu. Bir umutla evimize döndük. Transferden birkaç gün sonra şiddetli bir kanama geçirdim. Bir kez daha denemenin ve zorlamanın yanlış olduğunu düşündüren şeyler önümüze döküldü. Artık birikimler kalmamıştı, ciddi bir borca girmiştik. Eşim arabası satmıştı. Yetişemez olmuştuk. Geride kalan 5 yıl boyunca sadece fazla fazla harcamıştık. Sonra işe geri döndüm. Moral depolamak için.

Birkaç hafta sonra mide bulantısı şikâyetlerim başladı. Tedavi sonrası yoğun kilo kaybım olmuştu ve ben pek iyi değildim.

Vücudum iflas etmeye başlamıştı sanki. Bu bitmek bilmeyen umut koşuşturmacasında bitmiştim ben. Sonra çok yakın bir arkadaşımın ısrarı üzerine doktora gittim. Zaten o dönemde böbrek rahatsızlığım kendisini yeniden hissettirdi.

Kan testi yapıldı, sonucu almaya gittiğimizde dediler ki "Gözünüz aydın, hamilesiniz!" Nasıl şaşırdım nasıl, anlatamam. Böyle gözlerimden yaşlar kendiliğinden aktı, gitti. Aynı zamanda da çok korktum. Hemen doktora gittik, kalp atışını dinledik oğlumun.

İkinci gebeliğim başlayınca da Can'ı yasal olarak almak için başvurduk ve ikinci oğlumuz doğmadan ağabeyi de resmen ailemize katıldı. Şimdi ikisi de birlikte uyum içindeler. Her şeyden önce ben anne oldum. Mert doğduktan sonra daha çok göz hapsine alındım. 'Çocuğa bakacaklar mı, bak acaba dövüyor mu, bağırıyor mu, seviyor mu,' diye. Ama onu ben büyütüyorum ve o aynı babası gibi. Çünkü kocam ona nasıl erkek olacağını öğretirken, kendinden bir şeyler alıyor. Belki inanmayacaksınız ama Can aynı babası. Onun gibi yiyor, yazıyor, konuşuyor, tepki veriyor. O benim ilk göz ağrım. İkincisi de aynı ağabeyini taklit ediyor. Allahım, sen bu muhteşem duyguyu herkese yaşat!

Yatağını gül yapraklarıyla
hayallerini papatyalarla süsledim.
Üzerini sevgimle örtüp,
kâbuslarını da ben aldım ki
en tatlı rüyalar
senin olsun diye...

Sevgiyi Vermenin Elli Yolu

"Sevgi ruhun güzelliğidir."

Augustinus

1. Önce kendinizi sevin.
2. Güne, sevdiğinizi kucaklayarak başlayın.
3. Kahvaltıyı sevdiğinizin yatağına götürün.
4. Birbirinize her ayrılışınızda 'Seni Seviyorum' deyin.
5. Sık sık iltifat edin.
6. Aranızdaki farklılıkları kabullenin ve takdir edin.
7. Her günü son gününüzmüş gibi yaşayın.
8. Beklenmedik aşk mektupları yazın.
9. Birlikte bir fidan dikin ve onu sevgiyle büyütün.
10. Haftada bir dışarı çıkın.
11. Birbirinize bir nedeni olmadan çiçek gönderin.
12. Birbirinizin arkadaşlarını ve ailelerini kabullenin ve sevin.
13. 'Seni Seviyorum' yazılı kâğıtlar hazırlayın ve evin her yerine asın.
14. Durun ve çiçekleri koklayın.
15. Beklemediği anda ona bir öpücük kondurun.

16. Birlikte güneşin doğuşunu seyredin.
17. Gerektiğinde özür dileyin.
18. Âşık olduğunuz günü unutmayın ve sık sık anın.
19. El ele tutuşun.
20. Gözlerinizle 'Seni Seviyorum' deyin.
21. Kollarınızda ağlamasına izin verin.
22. Ona, onu anladığınızı söyleyin.
23. Aşkınıza ve bağlılığınıza kadeh kaldırın.
24. Birbirinizi tahrik edin.
25. İhtiyacınız olduğunda size yardım etmesine izin verin.
26. Yaptığı şakalara gülün.
27. İç güzelliğini övün.
28. Bir günlüğüne de olsa onun sorumluluklarını paylaşın.
29. Hayal kurması için yüreklendirin.
30. Ona herkesin önünde sevginizi gösterin.
31. Birlikte doğa yürüyüşleri yapın.
32. Aşk günlüğü tutun ve özel anlarınızı not alın.
33. Sinirlendiğinizde birbirinizi yatıştırın.
34. Çıplak ayakla kumsalda yürüyüş yapın.
35. Ona yeniden evlenme teklif edin.
36. Evet deyin.
37. Ay ışığında el ele kumsalda yürüyün.

38. Birbirinize saygılı olun.

39. Onun en büyük hayranı olun.

40. Ona ihtiyaç duyduğu sevgiyi gösterin.

41. Ona almayı hayal ettiğiniz kadar sevgi gösterin.

42. Yaptığı işlere ilgi gösterin.

43. Bir proje üzerinde birlikte çalışın.

44. Fırsat buldukça birlikte oyun oynayın.

45. Salıncağa binip, ay ışığında mümkün olduğu kadar yükseğe sallanın.

46. Yağmurlu bir günde evde piknik yapın.

47. Yatağa asla sinirli girmeyin.

48. Dualarınızda ilk sırayı o alsın.

49. Birbirinize iyi geceler öpücüğü verin.

50. Sarılarak uyuyun.

Hayat Paylaşınca Güzel

"Evlenmek, insanın haklarının yarıya düşmesi, görevlerinin iki katına çıkmasıdır."

Arthur Schopenhauer

Filmin sonu yaklaştığında salondaki herkes konuşmaya başlamıştı. Yanan ılık ateş, pırıl pırıl Noel ışıkları ve ailenin mutluluğu yüzüme bir gülümseme kazandırmıştı. Anne, "... kim ister?" dediğinde salon, kaybeden futbol takımının taraftarlarının stadı terk etmeleri kadar hızla boşalmıştı.

Salonda sadece erkek arkadaşım Todd ve ben kalmıştık. Yüzünde şaşkın bir ifadeyle bana dönüp, şimdi ne yapacağımızı sordu. Annemin yüzündeki ifadeyi görür gibiydim. Todd'a, "Annemin arabasına benzin almamız gerekiyor," dedim.

"Dışarıda dondurucu bir soğuk var ve saat gecenin on bir buçuğu," yanıtını verdi.

Gülümseyerek, "O zaman paltonu giy, eldivenlerini tak," dedim.

Arabanın camındaki buzları temizledikten sonra kendimizi alelacele arabaya attık. Benzinciye giderken, Todd, gecenin bu vaktinde neden anneme benzin almaya gittiğimizi açıklamamı söyledi. Kıkır kıkır gülerken, "Kardeşlerim ve ben tatilde eve geldiğimizde, babamın anneme benzin almasına yardım ederiz. Bunu artık oyun haline getirdik. Annemin ne zaman benzin isteyeceğini tahmin ederiz ve en kötü tahminde bulunan gidip benzin alır," dedim.

"Benimle dalga geçiyor olmalısın," dedi Todd.

"Bundan kaçmanın yolu yok," dedim.

Benzin dolarken, ellerimizi ceplerimize soktuk ve vücudumuz ısınsın diye zıplamaya başladık. "Ben hâlâ anlamış değilim. Annen neden kendisi benzin almıyor?" diye sordu Todd.

"Sana delilik gibi gelebilir ama gel açıklayayım," dedim eğlenerek. "Annem yıllardır hiç benzin almadı. Annemin benzinini hep babam aldı." Todd'un kafası biraz karışmıştı. Anneme benzin almanın babamı rahatsız edip etmediğini sordu. Başımı salladım ve "Asla, bundan hiç şikâyet etmedi," dedim.

"Bu çılgınlık," diye tepki verdi Todd.

"Hayır, değil," dedim sabırla açıklamaya çalışırken. "Üniversiteye giderken tatil için eve geldiğim zamanlarda, her şeyi bildiğimi düşünürdüm. Kadın özgürlüğü gibi konulara takmıştım. Bir akşam annemle birlikte armağanları paketliyorduk. Anneme, evlendiğimde, kocamın evi temizlemek, çamaşırları yıkamak, yemek pişirmek gibi konularda bana yardım edeceğini söyledim. Sonra da anneme ev işleri yapmaktan bıkıp bıkmadığını sordum. Tüm sakinliğiyle bunun onu rahatsız etmediğini söyledi. Buna inanmam çok zordu. Anneme ikibinli yıllara geldiğimiz ve cinsiyetler arasında artık eşitlik olduğu gibi konularda vaaz vermeye başladım.

"Annem sabırla dinledi. Kurdeleyi bir kenara bıraktıktan sonra gözlerime baktı ve 'Güzelim, bunu bir gün anlayacaksın,' dedi.

"Söyledikleri beni öfkelendirdi. Hiçbir şey anlamamıştım. Bu yüzden annemden daha fazla açıklama istedim. Annem gülümsedi ve şöyle bir açıklama getirdi:

'Evlilikte yapabileceğin ve yapamayacağın şeyler vardır. Birlikte oturup, birbiriniz için neler yapabileceğinize karar verirsiniz. Sorumlulukları paylaşırsınız. Ben çamaşır yıkamaktan hiç gocunmuyorum. Biraz zaman alıyor ama bunu baban için yapıyorum. Öte yandan, ben benzin almaktan, daha doğrusu gidip benzin pompalamaktan hoşlanmıyorum. Benzin kokusu beni çok rahatsız ediyor. Bu yüzden benim benzinimi hep baban alıyor. Babam manava gider, ben yemek pişiririm. Baban çimleri biçer, ben evi temizlerim. Sana daha bir sürü örnek verebilirim.'

"Annem konuşmasına devam etti: 'Evlilikte puanlama yoktur. Birbirinizin hayatını kolaylaştırmak için ufak şeyler yaparsınız. Bunu sevdiğin insana yardım etmek olarak ele alırsan, ne çamaşır yıkamaktan, ne bulaşık yıkamaktan ne de başka işlerden rahatsızlık duymazsın. Çünkü bütün bunları sevgiden yaparsın.'

"Yıllar geçtikçe annemin dediklerini hayatıma uygulamaya başladım. Evlilik konusunda çok tecrübeliydi. Annemle babamın birbirlerine davranışları hep hoşuma gitmiştir. Biliyor musun? Ben de bir gün evlenirsem, evliliği puanlama olarak görmeyeceğim."

Todd eve gelinceye kadar sessiz kaldı. Kontağı kapadıktan sonra, bana döndü ve ellerimi tuttu. Yüzü gülümsüyor, gözleri parlıyordu.

"İstediğin zaman," dedi yumuşak bir ses tonuyla, "ben de senin benzinini alabilirim."

Umut

"Umut insanı uyandıran bir rüyadır."

Aristo

"Bu nasıl?" diye sordum, bezini değiştirip gönüllü olduğum kilisede bebeğini pusetine koyarken. Bir gün -belki de yakında- kocam Steve ile benim, bize ait bir bebeğimizin olacağını hayal ettim. Arkadaşım Susan'a baktım, yüzü asıktı. "Kötü haberlerim var. Tiffany ultrasound çektirmiş. Bebeği görünce âşık olmuş ve evlatlık veremeyeceğine karar vermiş."

Bebek için mutlu olmuştum; şimdi, Tanrı'nın niyet ettiği annesiyle kalacaktı. Ayrıca, net olmayan bir ultrasound görüntüsüyle ona âşık olmanın ne kadar kolay olabileceğini biliyordum; çünkü aynı şeyi ben de yaşamıştım, iki kez.

Ama şimdi, üçüncü bir bebeği kaybediyordum. Belki de bir daha hiç olmayacak, diye iç geçirdim, bir sürü ağlayan bebeğin arasında. Belki de anneliğe en yakın olacağım an, bu an.

İlk bebeğimi, yirmi dört haftalıkken düşürdüm. Doktor tekrar deneyebileceğimizi söyledi ve ikinci hamileliğimde, yine bir o kadar heyecanlı ama korkmuştum.

"Bak, bebeğin kalbinden kanın pompalandığını görebilirsin," diyerek beni sakinleştirmişti doktor, otuz dört haftalık sonogramda. Ama tam da ertesi gün, korkunç bir durağanlıkla uyandım. 'Yine mi? Benim neyim var?' Doğumhaneye götürüldüm, olağanüstü bebeklerin çığlıklarıyla dolması gereken yere.

İki bebeği niye düşürdüğümüze dair hiçbir genetik anormallik ya da tıbbi açıklama yoktu. Ama bir üçüncüyü riske atamazdım. "Bizim ailemiz, farklı bir yoldan büyümeli," dedim Steve'e ve evlat edinmeye karar verdim.

Kendimizi tanıtan ve anne baba olmak için can attığımızı anlatan bir mektup yazdık. "Eğer hamile olan ve evlatlık vermeyi düşünen biri varsa, lütfen bu mektubu ona iletin," dedik. Annem ve ben, arkadaşlarımıza, kilise üyelerine, hatta eski bebek bakıcılarıma ve öğretmenlerime, beş yüz adet gönderdik.

Biri, mektubumuzu 'Sevgi Seçeneği' adında bir ajansa gönderdi. "Biz evlat edinme işlemlerinin ayarlanmasına yardımcı oluyoruz," dediler. Bunun üzerine Steve ve ben, anne adaylarına gösterilmek üzere, resimler ve öykülerden oluşan bir aile albümü hazırladık.

"Adım Tiffany," dedi utangaç ve ürkek bir ses telefonda. Ortak bir arkadaşımızın mektubu ona ulaştırdığını söyledi. "Size yardımcı olabilirim."

Tiffany ile Sevgi Seçeneği'nde bir randevu ayarladım. Sonra görevliden bir telefon geldi. "Başka bir anne adayı, Brooke, sizinle tanışmak istiyor." Keyiflendim; çünkü şansımız ikiye katlanmıştı.

Önce Brooke'la ve onun üç yaşındaki kızı, Alexis ile tanıştık. Alexis tüm görüşme boyunca Steve'e dil çıkardı. "Erkeklerden nefret ederim," dedi ve görüşmemizin sonunda, cesareti kırılmış bir şekilde Steve: "Bu olmayacak. Umalım da Tiffany ile görüşmemiz daha iyi geçsin," dedi.

Öyle de oldu. Tiffany genç ve ürkekti ama henüz doğmamız bebeği için en iyisini yapmaya kararlıydı. "Cinsiyetini biliyor musun?" diye sordum.

"Önümüzdeki hafta ultrasound'dan sonra size haber veririm," dedi ve biz, bizi seçeceğinden emin olduk.

Ama ultrasound'dan sonra, Tiffany, bebeğini evlatlık veremeyeceğine karar verdi. Daha kaç bebek kaybedeceğim? Ağladım, ta ki ajanstaki görevliden beklemediğimiz bir telefon alana kadar.

"Brooke sizinle tekrar görüşmek istiyor," dedi. "Sizin annenizle de, eğer sorun olmazsa."

Steve ve ben, Brooke'un, ben işe döndükten sonra bebeğin kimle kalacağını merak ettiğini anladık. Annem geleceği için çok sevindi. Görüşmeden önce, "Senin için," diyerek bana üzerinde tek bir sözcük yazan bir taş uzattı: 'Hope.' (Umut.)

Her şey farklıydı. Alexis, bu kez Steve'e dil çıkarmak yerine, onunla yere oturdu ve resim yaptı. Brooke ve ben, hayat ve ebeveynlik üzerine uzun uzun sohbet ettik ve gitme vakti geldiğinde, Alexis kucağıma atlayıp, "Annemin karnında senin bebeğin var," dedi.

Kimse ne diyeceğini bilemedi. Ama birkaç gün sonra, ajans aradı. "Brooke, bir sonraki doktor randevusuna sizinle birlikte gitmek istiyor. Sizin de bebeğin gelişiminde ve doğumunda yer almanızı istiyor," dedi.

Her randevuya gittim. Doğum yaklaştıkça, ne zaman telefon çalsa yerimden sıçradım.

Sonra, bir pazar günü, kilisede telefon çaldı. "Brooke yolda, hastaneye gidiyor," dedi Steve. Kendimi dürtmem gerekti: Gerçekten oluyor! Anne olacağım!

Brooke, Steve ve benim de doğumhaneye girmemiz konusunda ısrarcı oldu. "Bu sizin anınız," dedi. Hemen Brooke için dua ettim. Çünkü doğumhaneye karnında bebekle girip yalnız çıkmanın ne kadar acı olduğunu biliyordum.

Brooke, sağlıklı bir kız doğurduğunda, "Çok güzel!" diye iç geçirdim.

Doktor Brooke'a, "Onu tutmak ister misin?" diye sordu. Brooke, "Hayır," dedi. "Steve ve Lori ona çok iyi bakacak," dedi ve bana yanında getirdiği bir tebrikler kartı uzattı. "Size, hep arzu ettiğiniz aileyi verebildiğim için çok mutluyum."

"Selam, Hope, ben senin babanım."

Tüm günümü, bebek odası ile Brooke'un odası arasında koşarak geçirdim, ikisiyle de olmak istiyordum. "Bu onun için zor olacak," dedim Sevgi Seçeneği görevlisine.

"Biz onun yanında olacağız," diye söz verdi. "Siz ve eşiniz gidebilirsiniz. Yeni ailenizin keyfini çıkarın."

Hope'u, iki kez Brooke'un görmesi için Sevgi Seçeneği'ne götürdük. Ona düzenli olarak mektuplar ve fotoğraflar gönderiyorum. Onun değerli armağanını, nasıl sevdiğimizi bilmesini istiyorum. Ayrıca üzerinde 'Kahraman' kelimesi işlenen iki tişört yaptırdım, biri Brooke, diğeri Hope için. Böylece aralarında her zaman özel bir bağ olacak.

Belki bir gün Steve ve ben tekrar bir bebek yapmayı ya da Hope'a küçük bir kardeş evlat edinmeyi düşünebiliriz. Şimdilik her günümü, bez değiştirip Hope'u uyutarak geçiriyorum. Evlat edinme maceramız sona erdi ama aile olarak yaşamımız daha yeni başlıyor.

Lori Feblinger

Daha önce Women's World dergisinde yayımlandı.

Hayata değer bir yaşam,
sevmeye değer bir aşk,
dostluğa değer bir arkadaşlıktan asla vazgeçme.
Ne eksik ne fazlasını ara
ve seni üzenle asla uğraşma!

Bir Anneden Öğütler

"Anneler her şeyi görmeseler de kalpleri ile duyarlar."

Ostrovski

Bundan 20 yıl sonra, yaptıkların değil, yapamadıkların için üzüleceksin, dolayısı ile halatları çöz. Güvenli limandan uzaklara yelken aç. Rüzgârı yakala, araştır. Düşle. Keşfet. Onlar, seyredecek binleri olmasaydı, kaç kişi Mercedes otomobil alırdı.

Geçen hafta bir ayakkabıcıda ceketine böyle bir iğne takmış genç bir satıcıya rastladım. Kendisi yapmış, çok hoşuma gitti: 'Bir tebessümün yoksa sana benimkilerden birini verebilirim.' Bilimde ve güzel sanatlarda en üstün başarılar, tek başlarına çalışan kişiler tarafından elde edilmiştir. Hiçbir parkta bir kurul için dikilmiş anıt yoktur.

Derdi eve davet edersen, çoğunlukla hemen gelir. Yapabileceğin kadar söz ver. Sonra söz verdiğinden daha fazlasını yap.

Oturarak başarıya ulaşan tek şey bir tavuktur.

Kalp gözü, gözle görülmeyenleri de görür, dertlerini gözyaşlarında boğmak isteyenlere dertlerin yüzme bildiğini söyle.

Dalın ucuna gitmekten korkma, meyve oradadır; büyük adam büyüklüğünü, küçük adama davranışıyla gösterir.

Şans bukalemun gibidir, biraz zaman tanı, mutlaka değişecektir.

Yanlış yöndeyseniz, Tanrı 'U' dönüşlerine izin verir. 'Tarihte En Etkin 100' adlı kitabı okudum. Onların hepsiyle ortak olduğumuz tek şeyin zaman olduğunu hayretle gördüm, dünyayı değiştiren bu insanların da günleri senin, benim gibi 24 saatti.

Günün sonunda kendini bir sokak köpeği kadar yorgun hissediyorsan, belki bütün gün hırladığın içindir.

Başlamak için en uygun zamanı beklersen, hiç başlamayabilirsin. Şimdi başla! Şu anda bulunduğun yerden elindekilerle başla.

Dost, senin hakkında her şeyi bilen ve buna rağmen seni seven kimsedir.

Gülümsediğinde güzelleşmeyen bir yüz hiç görmedim.

Kızgınlık ve küskünlük, zaten çok kısa olan hayatın değerli dakikalarını harcamaktır.

Baban enflasyonun her şeyi mahvetmediğini söylüyor, bir madeni para hâlâ tornavida yerine kullanılabiliyor.

Dene, risk al. Kimi zaman içindeki o sessiz sese, uzmanlardan daha fazla güven.

Aerodinamik yasalarına göre o tombul ve tüylü arının uçmaması gerekiyordu. Herhalde bunu ona kimse söylemedi ki, uçuyor.

Zamanlarının büyük bir kısmını para kazanmak ve saklamakla geçiren insanlar, sonunda, en çok istediklerinin satın alınamayacak şeyler olduğunu anlarlar.

Hiç kimse mutlu olma garantisine sahip değildir. Hayal herkese yalnızca zaman ve yer veriyor. Bunları neşeyle doldurmak bize kalmış bir şey.

Mutlu olmanın en garantili yolu bir başkasını mutlu etmektir.

Öteki insanlardan daha akıllı ol, yalnızca bunu onlara söyleme.

Ya tozu dumana katarsın ya da tozu dumanı yutarsın.

Bir çocuk yaşlı bir hanıma, genç mi, yoksa yaşlı mı olduğunu sormuş. "Sevgilim," diye yanıtlamış hanım. "Ben çok uzun zamandır gencim!.."

İyi çalışan, sık gülen ve çok seven başarıyı elde eder.

Bilgenin Devesi

"Bir insanın zekâsı,
vereceği cevaplardan değil,
soracağı sorulardan anlaşılır."
S. Levis

Ölmek üzere olan yaşlı bir baba, yatağının başına üç oğlunu çağırarak, onlara vasiyetini açıklar:

"Oğullarım, ben ölünce, birbirinize düşmemeniz için, size sahibi olduğum 17 deveyi paylaştırmak istiyorum.

Develerin yarısını büyük oğluma, üçte birini ortancaya, dokuzda birini ise küçük oğluma bırakıyorum," der.

Babalarının ölümünden sonra, mirası babalarının arzusu uyarınca paylaşmak üzere kardeşler bir araya gelirler.

Fakat bir türlü işin içinden çıkamazlar. Develeri bir türlü babalarının istediği gibi pay edemezler.

Çünkü 17 sayısı ne 2'ye, ne 3'e, ne de 9'a tam olarak bölünebilmektedir.

'Bu işin üstesinden ancak köyün deneyimli, yaşlı bilgesi gelir,' diye düşünür, ona danışırlar.

Bilge kişi:

"Benim bir devem var, onu da alıp, yeniden hesap yapın," bakalım der.

Bu cömertliğe çok şaşıran oğullar, 18 deveyi pay etmeye girişirler.

Önce ikiye bölerler, büyük oğul 9 develik payını alır. Sonra üçe bölerler, çıkan 6 deveyi de ortanca oğul alır.

Daha sonra dokuza böldüklerinde 2 deveyi de küçük oğul alır.

Ama bütün develeri paylaştıktan sonra ortada fazladan bir deve kalır yine!

Oğullar bu duruma da bir çözüm getirmesi için yaşlı bilgeye yeniden başvururlar.

Bilge kişi güler ve:

"İyi öyleyse," der. "Sorununuz çözüldüğüne göre, ben de devemi geri alayım."

Allahım
bana bir oğul nasip et ki
zayıf olduğu anı bilecek kadar kuvvetli,
korktuğu zaman kendini bulabilecek kadar cesur,
şerefli bir yenilgide gururlu ve eğilmeyen, lâkin zaferde
yumuşak ve mütevazı olsun.

Bana bir oğul nasip et ki arzuları fiillerinin yerini almasın, seni tanısın ve bilginin temel taşının kendini tanımak olduğunu kavrasın.

Onu kolaylık ve rahatlık yolunda değil, güçlükler ve mücadeleler yolundan gönder ki fırtına da ayakta durmayı öğrensin. Bunu başaramayanlara da şefkatli olsun.

Kalbi temiz bir oğul nasip et, gayesi yüksek olsun.
Başkalarını idare etmeden önce kendini idare edebilsin.
Gülmesini bilsin fakat ağlamayı da asla unutmasın.
Geleceğe yönelebilsin fakat geçmişi unutmasın.

Bu vasıflara kavuştuktan sonra da dua ederim;
hayatın esprilerine karşı o kadar yeterli duygusu
olsun ki; ciddi olmakla beraber kendisini fazla ciddiye
almasın; ona tevazu ver ki daima büyüklüğün
sadeliğini, açık fikirliliğin hikmetini,
gerçek kuvvetin tevazuunu anlasın.
O zaman ben, babası, 'Boşuna yaşamamışım,'
diye fısıldamaya
cüret edebileyim.

Yüreğin İçindekiler

"Çiçekler,
çocukların bile anladığı kelimelerdir."
Bishop Coxe

Bir süre önce gördüğüm bir karikatürde dizlerine kadar karın içinde olan bir baba oğluna, hiçbir şeyin küçükken çenesine varıncaya kadar biriken karlara benzemeyeceğini söylüyordu. Oğlu onun yanında çenesine kadar kara batmış halde duruyordu. Belki de bu, zamanla ve olgunlaştıkça kazandığımız perspektif değişikliğini anlatıyor.

Ben küçük bir kızken, ailemle sık sık pazar günleri 'aile' gezintisine çıkardık. Bunun katılmam gereken en sıkıcı faaliyetlerden biri olduğunu düşünürdüm, özellikle de çok fazla sakin, boş ve hareketsiz olduğundan. En kötü olanları da çiçeklere bakılan gezintilerdi. Annem ve babam mahallede bahçelerde, çimenliklerde açmış rengârenk çiçeklere bakarlardı. Son derece yavaş bir şekilde yakındaki kasabanın serasının açık havadaki sıra sıra çiçeklerinin yanından geçerlerdi. Bu yolculukların sonunda alınan bir külâh dondurma olmasa, eminim tüm kardeşlerim ve ben isyan ederdik.

Şikâyet ederdik. Çocuklardan biri, "Bu çok sıkıcı!" derdi.

Biz de, "Evet," diye mızıldanırdık. Ön koltuktan bir cevap gelirdi, "Bu harika çiçeklerin güzelliğini şimdi anlayamayabilirsiniz ama büyüdüğünüzde anlayacaksınız." Yetişkin olmanın çok sıkıcı olduğundan daha da emin oluyordum; çünkü annemle babam bu akşamüzeri gezintilerinden büyük zevk alıyor gibiydiler.

Çiçeklere karşı değildim. Annem çiçekleri çok severdi ve her yere çiçek dikerdi. Mor ve beyaz renkte muhteşem gündüzsefaları evin üç tarafındaki yan duvarları sarmıştı. Kadife çiçekleri korkuluklara ve dış duvarlara koyu kahverengi, pas rengi, portakal rengi ve altın rengini katıyordu. Pembe ve açık mor renkli gülhatmiler ahırın önünden başlayıp üzerinde büyük harflerle soyadımızın yazılı olduğu posta kutusuna kadar yarım millik çitler boyunca uzanıyordu. Annemin çiçekleri çok sevdiğini biliyordum ve her yere çiçek ekmesini onun tuhaflıklarından biri olarak görüyor ve öylece kabul ediyordum. Bir arabanın içinde hapsolmuş bir halde başka yerlerdeki çiçeklere bakmak başkaydı.

Genç bir yetişkin olarak ilk defa kendi evimi kurduğumda, bitkiler hakkındaki düşüncem bunların saksılara dikilmiş, marketlerden ya da kaldırım çiçekçilerinden hazır satın alınan şeyler olduğuydu. Sonra gelişme gösterip çiçekçiden gönderilen taze buketlere atladım. Bahçemin sorunsuz olmasını, yani komşu çocuklardan birini çimleri biçmek üzere tutmayı seviyordum. Çimenler bahçenin bir ucundan diğerine uzanıyor, bunu sadece girişi belirleyen fundalıklar bölüyordu. Birkaç yıl sonra daha 'olgunlaştığımda' bundan vazgeçtim ve giriş yoluna ince bir çizgi halinde zinia çiçeği ektim.

Perspektif kazanıyor olmalıyım. Şimdi bahçemin sadece küçük bir bölümünde çimen var ve her yıl bu bölüm daralıyor. Hatta bir çim biçme makinesi almayı düşünüyorum. Bir zamanlar fazlasıyla ağır bir iş olduğunu düşünmeme rağmen şimdi bahçe işini 'terapi' olarak görüyorum.

Renkli ve güzel kokulu çiçeklerin çılgın bir karışımı bahçemde çeşit çeşit tomurcuklanıyor. Onlara çok iyi bakıyorum. Arka bahçemdeki topraktan ve yine evimin yan taraflarındaki topraktan farklı bir kompozisyona sahip olan ön bahçemin toprak yapısına uygun çiçekleri titizlikle seçiyorum. Belli bir tür çiçek, toprağı sindirim sistemine uygun bulmazsa, onun sevdiği toprağı memnuniyetle alıyorum. Çiçeklerin çeşitli mevsimlerde canlı ve sağlıklı görünmelerini sağlamak için gübre karışımları almak üzere özel olarak seralara gidiyorum. Zaman zaman, bitkileri budarken onlarla konuşuyorum! Şimdi yeni bir hobi edindim. Artık çiçeklerin nasıl büyüyüp çiçek açtığıyla değil, aynı zamanda damarlarında ne olduğuyla da ilgileniyorum: Bazı türleri diğerleriyle çiftleştiriyorum.

Kızım da benim perspektif kazandığımı düşünüyor. Aslında yaşlanmak sözünü kullandı. Bu isim takma işi geçen yaz onu bir pazar günü gezintiye çıkardığımda gerçekleşti. Mavi gökyüzünde güneş parlarken rüzgârlı sokaklarda arabayla gezindik. Bahçesinde güller olan bir evi işaret ederek, "Bak," dedim, "çok güzeller, değil mi?"

"Evet," diye iç geçirdi, heyecansız. Birkaç mil daha gittikten sonra yeniden iç geçirdi, "Bu çok sıkıcı. Ne zaman bir şey yapacağız?" dedi.

Çok fazla gitmemiştik, "Şu güzel çiçeklere bak!" dedim. Her yeri çiçek kaplı bir bahçeyi işaret ettim.

"Bana yabani ot gibi görünüyorlar, anne." Sürekli mızıldandı.

"Jen," dedim, kendi ailemin anlattığı hikâyeyi tekrarlayarak, "bunları şu anda takdir etmeyebilirsin ama bir gün edeceksin."

"Oh, lütfen anne," dedi burun kıvırarak.

İlgisini çekmek için başarısız birkaç girişimden sonra yeni bir fikir geldi aklıma, "Durup, dondurma yiyelim mi?" dedim.

Gözleri parladı ve koltukta doğruldu. "Evet! Bu harika olur!"

Kısa bir süre için kendi bakış açıma kendimi o kadar kaptırmıştım ki bu anlayışa nasıl ulaştığımı unuttum. Hayatımın daha önceki dönemlerinde benim takdirimi kazananın dondurma olduğunu unutmuştum.

Zaman ve olgunluk benim doğanın güzelliğini daha iyi kavramamı ve çocukların da, çiçeklerin de zamanı gelmeden büyümeyeceğini anlamamı sağladı.

Dile getirmemiş olsam da kızım benimle yaşadığı son birkaç ay içinde odasına saksıda çiçekler almaya başlamıştı. Şimdi artık kendi başına yaşayan biri olarak, seradan düzenli olarak taze çiçek alıyor.

Bu gelişmelerin ışığında, 'kök salmanın' bir yerde belli bir süre durmaktan daha fazla şey ifade ettiği, benim de yeşille ilgilenmeye başladığımı fark ettiği günlerde annemin bana verdiği, kuşaktan kuşağa aktarılan saksılardan özenle seçilmiş birkaç tanesini onun için saklıyorum.

Olaylar kendi kendilerini tekrarlıyor görünüyorlar. Mark Twain buna 'periyodik tekrarlanma kanunu' adını vermişti; bir defa gerçekleşen her şey kendine özgü zamanda ve kendine özgü yollardan tekrar, tekrar, tekrar yaşanır.

O halde bu sadece bir perspektif sorunu, hayat döngüsünün, doğanın mucizelerini ve güzelliklerini göz ardı etmeye eğilimli olduğumuz ve hatta sıradan saydığımız bir dönemi midir? Herkesin çok iyi bildiği, 'Dur ve gülleri kokla,' sözü, suçlunun hayatın akıp giderkenki hızı olduğunu ileri sürüyor. Ama bu her birimizin içinde doğru zamanda ve doğru yoldan ortaya çıkan bir döngü mü gerçekten? Hayatın akışı içinde, uyanıp, daima ulaşabileceğimiz ve daima gözümüzün önünde olanı takdir etmemizi sağlayacak görünmez güç nedir? Kızım için, bana ve anneme olanlar geçerli mi olacak? Bahçeli bir ev araması zaman ve olgunluk sorunu mu?

Ve yüreğinin içindekilere, bir çiçek gibi bakma sorunu mu?

Tanınmayan Sevgili

"Ateş karşısında bozulmayan altın,
altın karşısında bozulmayan kadın,
kadın karşısında bozulmayan erkek kalitelidir.."

Maksim Gorki

İstasyondaki danışma masasının üzerinde asılı duran kocaman yuvarlak saat altıya altı vardı. Demiryolunun olduğu taraftan henüz gelen uzun boylu genç teğmen güneş yanığı yüzünü kaldırıp, tam zamanı görmek için gözlerini kıstı. Kalbi o kadar hızlı atıyordu ki onu şaşırtıyordu. Altı dakika sonra, son 13 aydır yaşamını dolduran, hiç görmediği ama yazdıklarıyla onu hiç yalnız bırakmamış ve düş kırıklığına uğratmamış olan kadını görecekti.

Danışma masasına yanaşabildiği kadar yanaştı. Masadaki görevlileri kuşatmış insan halkasının hemen yanındaydı...

Teğmen Blandford çarpışmanın en yoğun olduğu ve uçağının çok sayıda düşman uçağı arasında sıkıştığı geceyi unutamıyordu. Düşman uçaklarından birinin pilotunun sırıtışını bile görmüştü.

Mektuplarından birinde ona korktuğunu itiraf etmişti ve bu çarpışmadan yalnızca bir iki gün önce de onun cevabı gelmişti: "Elbette korkarsın. Bütün cesur insanlar korkar. Kral Davut korkmadı mı? Bunun için kutsal kitapta bir şeyler yazmadı mı? Kendinden şüphe ettiğin bir sonraki sefer benim sesimi duymanı istiyorum: 'Ölümün gölgesi düşmüş vadiden geçerken hiçbir kötülükten korkmayacağım; çünkü sen benim yanımdasın.'"

Teğmen onun dediğini yaptı ve hayalinde onun sesini duydu; bu, gücünü ve yeteneğini canlandırdı.

Şimdi onun gerçek sesini duyacaktı. Altıya dört var. Yüzü ciddileşti.

Büyük, yıldızlı tavanın altında insanlar gri bir ağın üzerine renk renk iplikler dokur gibi hızla yürüyorlardı. Genç bir kız yanından geçti, teğmen Blandford hareketlendi. Elbisesinin yakasına kırmızı bir çiçek takmıştı, ama bu, kızıl bir karanfildi, anlaştıkları gibi kırmızı bir gül değildi. Üstelik bu kız çok gençti, 18'inde ya var ya yoktu, oysa Hollis Meynell 30 yaşında olduğunu ona açık açık söylemişti. "Ne olmuş, ben de 32 yaşındayım," demişti, aslında teğmen 29'undaydı.

Aklına o kitap geldi; Florida eğitim kampına gönderilen yüzlerce ordu kütüphanesi kitabı arasından Tanrı'nın ona vermiş olması gerektiğini düşündüğü o kitap. *İnsanın Esareti Üzerine* adlı kitabın kenarına bir kadının el yazısıyla notlar alınmıştı. Kitabın içine yazı yazma alışkanlığından hep nefret etmişti, ama bu yorumlar çok farklıydı. Eskiden olsa, bir kadının, bir erkeğin kalbinin içini bu kadar sevgiyle, bu kadar anlayışla görebileceğine asla inanamazdı. Kitabın kapağında kadının adı yazılıydı: Hollis Meynell. Bir New York telefon rehberi bulup, kadının adresini belirlemişti. Ona mektup yazmıştı ve kadın da mektubunu yanıtlamıştı. Ertesi gün, gemiyle Florida'dan ayrılmasına karşın, yazışmayı sürdürmüşlerdi.

13 ay boyunca Hollis Meynell onun mektuplarına cevap yazmış, hatta daha fazlasını yapmıştı. Blandford'dan mektup gelmediği zaman da yazmayı sürdürmüştü ve şimdi teğmen bu kadını sevdiğine, onun da kendisini sevdiğine inanıyordu.

Ama Hollis, teğmenin tüm ısrarlarına karşın ona bir resmini göndermemişti. Bu biraz kötüydü elbette. Fakat Hollis resmini neden göndermek istemediğini açıklamıştı: "Bana karşı duyguların gerçekse ve bu konuda dürüstsen, nasıl göründüğümün önemi yok. Güzel olduğumu varsay. O zaman yalnızca bu nedenle benimle ilgilendiğin duygusundan kurtulamam ve bu tür bir sevgi midemi bulandırır. Farz et ki sıradan bir tipim (kabul etmelisin ki bu daha güçlü bir olasılık), o zaman da yalnızca yalnız olduğun ve başka kimsen olmadığı için benimle yazışmayı sürdürdüğünden kaygı duyarım. Hayır, lütfen benden resmimi isteme. New York'a geldiğin zaman beni görürsün ve kararını verirsin. Unutma ki her ikimiz de birbirimizle kalmakta ya da başkalarını aramakta özgürüz; seçimimizi yapacağız..."

Altıya bir var. Teğmen sigarasından derin bir nefes çekti.

Birden teğmen Blandford'un kalbi uçağının motorundan bile daha hızlı atmaya başladı.

Genç bir kadın ona doğru geliyordu. Uzun boylu ve zayıftı; bukle bukle sarı saçlarını, narin kulaklarının arkasına almıştı. Gözleri menekşe mavisiydi ve dudakları ve çenesinde fazla sert olmayan bir kararlılık vardı. Açık yeşil giysisi içinde baharı andırıyordu.

Teğmen ona doğru hareket etti, yakasında gül olmadığı aklına bile gelmedi ve o, kadına yaklaşırken kadının yüzünde kışkırtıcı bir gülümseme belirdi.

Kadın, "Aynı yere mi gidiyoruz, asker?" diye mırıldandı.

Kendini tutamayıp, kadına bir adım daha yaklaştı ve onun hemen arkasında Hollis Meynell'i gördü.

Hollis, genç kadının arkasında duruyordu; 40'ını geçmiş, hafif ağarmış saçlarını eski bir şapkanın altında toplamıştı. Balıketinden biraz daha toplucaydı; alçak topuklu ayakkabılarından kalın ayak bilekleri görünüyordu. Ama kahverengi kabanının yakasına kırmızı bir gül iliştirmişti.

Yeşil elbiseli kız hızla uzaklaşıyordu.

Blandford iki parçaya bölündüğünü hissetti; kızı izlemek için büyük bir arzuyla yanıyor, ama ruhu onunkine arkadaşlık etmiş ve onu hiç bırakmamış kadına da derin bir özlem duyuyordu. Yakasında kırmızı gül olan kadının tombul yüzü yumuşak ve aklı başında bir insan olduğunun ipuçlarını veriyordu; sıcak ve nazik bakışlı gri gözlerinin yanında kırışıklıklar vardı.

Teğmen Blandford duraksamadı. Parmakları, onu kadınla özdeşleştiren *İnsanın Esareti Üzerine* kitabının küçük, eskimiş, mavi deri kopyasını kavradı. Bu aşk olmazdı belki ama çok değerli bir şey, aşktan da ender bulunan, şimdiye kadar olduğu gibi bundan sonra da hep minnettar kalacağı bir dostluk olurdu.

Geniş omuzlarını dikleştirdi, kadını selamladı ve ona kitabı gösterdi ama konuşurken bile uğradığı düş kırıklığının şaşkınlığı içindeydi.

"Ben Teğmen John Blandford ve siz de Bayan Meynell'siniz. Benimle buluşmayı kabul ettiğiniz için çok mutluyum. Sizi... sizi yemeğe götürmeme izin verir misiniz?"

Kadının yüzünde hoşgörülü bir gülücük belirdi. "Tüm bunlar ne anlama geliyor bilmiyorum evlâdım," dedi. "Demin yanından geçen yeşil elbiseli hanım bu gülü yakama takmamı istedi. Bana, seninle gelmemi önerirsen, sana sokağın karşısındaki büyük restoranda seni beklediğini söylememi rica etti. Bu bir tür sınavmış. Benim de orduda iki oğlum var. Bu yüzden sana bir iyilik yapmak istedim."

Sular yükselince,
balıklar karıncaları yer...
Sular çekilince de
karıncalar balıkları yer...
Kimse bugünkü üstünlüğüne
ve gücüne güvenmemelidir...
Çünkü kimin kimi yiyeceğine...
'Suyun akışı' karar verir...

Eflatun

Emeğin Karşılığı

"Birine çamur atmadan önce iyi düşün ve sakın unutma; ilk önce senin elin kirlenecek."

Leo Tolstoy

Renklerin ustası olarak anılan büyük bir ressamın öğrencisi eğitimini tamamlamış.

Büyük usta öğrencisini uğurlarken yaptığı resmi şehrin en kalabalık meydanına koymasını ve yanına da halktan beğenmedikleri yerlere çarpı koymalarını rica eden bir notla kırmızı bir kalem bırakmasını istemiş.

Öğrenci birkaç gün sonra resme bakmaya gittiğinde resmin çarpı işaretleriyle dopdolu olduğunu görmüş.

Üzüntüyle ustasına gitmiş.

Usta ressam öğrencisine, üzülmemesini ve resmi tekrardan yapmasını önermiş.

Öğrenci resmi yeniden yapmış.

Usta, yine resmi şehrin en kalabalık meydanına bırakmasını istemiş. Fakat bu kez resmin yanına bir palet dolusu çeşitli renklerde boya ile birkaç fırça koymasını ve insanlardan beğenmedikleri yerleri düzeltmelerini rica eden bir not bırakmasını önermiş.

Öğrenci denileni yapmış. Birkaç gün sonra bakmış ki resmine hiç dokunulmamış.

Sevinçle ustasına koşmuş. Usta ressam, öğrencisine şöyle demiş:

"İlkinde insanlara fırsat verildiğinde ne kadar acımasız bir eleştiri sağanağıyla karşılaşabileceğini gördün. Hayatında resim yapmamış insanlar dahi gelip, senin resmini karaladı. İkincisinde onlardan yapıcı olmalarını istedin. Yapıcı olmak eğitim gerektirir. Hiç kimse bilmediği bir konuyu düzeltmeye cesaret edemedi. Emeğinin karşılığını, senin ne yaptığından haberi olmayan insanlardan alamazsın. Sakın emeğini bilmeyenlere sunma ve asla bilmeyenle tartışma."

Şefkatli Koruyucu

"Annesinden dayak yediği halde, yine
'Anne' diye ağlayan bir çocuktur aşk."

Cemal Süreya

Sammy merkezdeki kimseyi tanımıyordu ama buna rağmen, melek yüzlü küçük kız için burası, evinde sevdiği insanların ellerinden çıkan tokatlara verilen bir ara anlamına geliyordu.

"Pekâlâ," dedi dayağa maruz kalan çocuklara hizmet veren bu merkezdeki kreş öğretmeni, "bugün anne ile babanın resmini çizeceğiz."

Sammy'nin anlamlı, büyük yuvarlak kahverengi gözlerinin üzerinde, şaşkınlık ifadesiyle dolu kaşlar birer yay çiziyordu. Dört yaşındaki kız bunu düşündü.

Babasının adını almış olan Sammy, babasını hiç görmemişti; bu yüzden onun resmini çizemeyecekti. Uzun siyah buklelerini omzunun bir tarafına atarak bir an tavana baktı, kollarını göğsünde kavuşturdu, sonra devam etmeye karar verdi. Anne; bunu yapmak daha kolaydı. Zayıf yuvarlak yüzünün yumuşak ayrıntıları şimdi konsantre olmaya çalışırken geriliyordu. Kalemini büyük kâğıdın üzerine yerleştirdi ve öfkeli ellerini kaldırmış halde kendisine doğru gelmekte olan kızgın bir kadın çizdi.

Bu korkutucu resmi gören yardımcı öğretmen çocuğu bir yana çekti. Yanına oturarak, 'yeni', güzel gözleri, mutlu bir gülümseyişi olan ve kollarını iki yana açmış bir kadın resmi çizdi. Narin kemikli, narin küçük kız apaçık bir merak ve isteklilikle bir an resmi dikkatle inceledi. Sammy, aceleyle, hemen önünde duran resme büyük melek kanatları çizdi. Bu güzel çocuk daha sonra geri çekilip durdu ve resme yeniden baktı. Sammy dizlerinin üzerine çöktü, sonra da yere uzandı. Ellerini iki yana olabildiğince açarak meleği kucakladı.

"Anne," dedi sessizce ve yumuşacık, sevgi dolu. "Anne..."

Meleklerin umut ve hayallerin koruyucusu, mucize ve rüyaların bekçisi olduğu söylenir. Ayrıca meleklerin, tıpkı anne babaların yapması gerektiği gibi çocukları koruduğu ve kolladığı söylenir. Küçük Sammy'nin anne babasından alamadığı koruma, onun görünmez de olsa sevgi, güzellik ve koruma ile özdeşleştirdiği bir şeye olan inancını yok etmemişti.

Çocuk bakımı görevlisi daha sonra bana, "Onun yaşadıklarına bakılınca, bu çocuğun melekleri nereden öğrendiğini merak ediyor insan," dedi.

"Belki de Sammy bunu yüreğinde biliyordu," dedim Belki de hassas, küçük kalbini koruyan ve gözeten, gidecek başka bir yeri olmadığında ona bir ev veren koruyucu bir melek öğretmişti.

Daha sonra bu konuda bir psikologla konuştum. "En umutsuz durumların ortasında bile bir çocuğun kırılgan ruhu, anne babasının koşulsuz sevgisini arar," dedi Dr. Levine.

Şimdi terapi ve yardım gören bu küçük çocuk ve annesi için kat edilecek yol uzun ve zorlu olacaktır. "Hayat boyu bir nesilden diğerine aktarılan yaraları unutmak ve iyileşmek çok fazla zaman ve çaba gerektirir," dedi Dr. Levine. "Bir çocuğun anne babasından görmeye ihtiyaç duyduğu koşulsuz sevgiyi karşılayacak şekilde anne babalık yapmayı yeniden öğrenmek zaman alır ve isteklilik gerektirir."

Ne yazık ki, ne kadar çok çocuk dünyada sevgiyle büyümüyor, acı içinde hayatta kalıyor. Dr. Levine'in yorumunda olduğu gibi, "Çok sayıda çocuk röntgen ışınlarının altında yaşıyor. Sırtlarını saran güvenli bir battaniyeleri bile yok. Yıkanacak bir odaları yok. Kucakta taşınmak istiyorlar. Taşınmaya ihtiyaçları var. Onların resimleri kimsenin başucundaki sehpayı süslemiyor."

Ailelerle çalıştığım onca seneye dayanarak, bunun doğru olduğunu biliyordum. Pek çok çocuğun kâbusu gecelerin yanı sıra gündüzleri de devam ediyor. Onların canavarları gerçek. Bunun ışığında, kendimizi daha evrensel düzeyde anne babalar olarak düşünmeli, verecek ve affedecek yüreği bulmalıyız. Bunu, kendileri kaosla, geçmiş acılarla, bencil ve disiplinsiz yetişmiş olmakla ve onları 'Melek Anneler' olmayı öğrenmekten alıkoyan korkularla, önyargılarla, umursamazlıkla ya da yaralarla savaşan anne babaların yerine yapmalıyız.

"Şanslılar ki," dedi Dr. Levine, "çocuklarına, hangi nedenle olursa olsun, kötü davranan anne babalar için iyileşmek ve affedilmek mümkün." Bu fırsatı arayacaklarını umalım. Bu arada, kendi rolümüzü hatırlamalıyız. İlk adım acı çeken bu çocukların ve aynı zamanda anne babalarının hayatlarındaki sevgi ve şefkat yokluğundan doğan boşluğu, açık yüreklilikle ve kollarımızı sonuna kadar açarak doldurmaktır. Sonra başka yollardan da koruma sağlamalıyız.

Bu gece, bu küçük kız ve onun gibi binlercesi, 'koruyucuları', küçük vücutları güvenle koruyacak, küçük ruhları üzerine titreyerek koruyacak ve küçük yürekleri sevgiyle dolu koruyacak sevgi ve şefkati hâlâ öğrenmekte olan çocuklar adına özveriyle yapılan çalışmalar ve kurulan fonlar sayesinde güvendeler.

Hepimiz yüreklerimize dönmeli ve kendi 'Melek Annelerimizi', melekleri sadece kâğıt üzerinde kalan çocuklarla ve küçük yavrularını kollarında güvenle saramayan anne babalarla paylaşmalıyız.

İŞTE BEN BUYUM!

Kelimeler bazı şeyleri anlatır. Ama her şeyi yaşatmaz.
Bazen ben bile yabancı olurken kendime,
sana nasıl anlatırım ki beni?
Neşeliyim diyeceğim, suratsızlığıma denk
geleceksin... Espriliyim diyeceğim,
belki ağlamalarıma denk düşeceksin...
Özgürüm diyeceğim,
belki tutsaklarımda yakalayacaksın beni...
Kendimi anlatıp da bir kalıba sığdırmak istemem
düşüncelerimdeki beni.
Bazıları için herhangi biri...
Düşlediğin kadar insanım,
insan olduğum kadar hatalı,
hatalı olduğum kadar gerçeğin peşinde...

İŞTE BEN BUYUM!

Her Anın Önemi

"İhsan ruhu vücudunun en etkin parçası. Ne zaman öleceğimizi bilmediğimiz için hayat sonu olmayan bir yolmuş gibi geliyor bize."

Paul Bowles

Emma Bombeck Avustralya'da kanserden öldü. Okuyacağınız yazıyı, kanser olduğunu öğrendikten sonra kaleme almıştı:

"Hayatımı yeniden yaşabilseydim eğer...

Hastayken yatağa girer, dinlenirdim. Ben olmadığım zaman her şey kötüye gidecek gibi düşünmezdim.

Gül şeklindeki pembe mumu saklamaz, yakardım.

Daha az konuşur ama daha çok dinlerdim.

Yerler kirlense, masa örtüm lekelense bile daha çok arkadaşımı akşam yemeğine davet ederdim.

Oturma odasında TV seyrederken patlamış mısır yer ve şömineyi yakmak isteyen birisi olduğunda, leke olacak diye daha az korkardım.

Bana gençliğini anlatmaya çalışan dedeme daha çok vakit ayırırdım.

Kocamın sorumluluklarını daha çok paylaşırdım.

Saçım bozulmasın diye arabanın camının açılmasını önlemezdim.

Eteğimin lekelenmesine aldırmadan çimlere otururdum.

TV seyrederken daha az, hayata bakarken daha çok ağlar ve gülerdim.

Ömür boyu garantili, pratik vs. denilen hiçbir şeyi satın almazdım.

Hamileliğimin bir an önce sona erip doğum yapmayı dilemek yerine, hamile olduğum her anın tadını çıkarır ve içimde bir canlı yaratmanın ne kadar harika olduğunu fark ederdim. Bu o kadar nadir bir olay ki... Mucize gibi bir şey...

Çocuklarım beni öpmek istediklerinde asla, 'Önce git ellerini, yüzünü yıka,' demezdim. Onlara daha çok 'Seni seviyorum' ve ondan da çok 'Özür dilerim,' derdim.

Ama başka bir hayat verilseydi, en çok yapacağım şey; her dakikasını değerlendirmek olurdu. Dikkatle bak... Gerçekten gör... Yaşa... Vazgeçme... Küçük şeyler için şikâyet etmekten vazgeç...

Bana benzemeyenler, benden daha çok şeye sahip olanlar ve kimin ne yaptığıyla ilgilenmezdim.

Bunun yerine, ilişkilerimi güçlendirmeye çalışırdım.

Unutmayın; sahip olduğumuz ruhsal, fiziksel ve duygusal her şey için Allah'a şükredin.

Tek bir hayatımız var ve bir gün sona eriyor. Umarım her gününüzü değerlendirirsiniz."

Aramızdaki Bağ

"Ölüm hayatta büyük bir kayıp değildir.
Asıl büyük kayıp, yaşarken içimizde ölendir."
Robin Sharma

Oğlumuz Derian'nın hayatının ilk yirmi dört saatinde sağlığı iyiydi. Ama hastaneden ayrılmadan az önce mosmor oluverdi. Hemen kalp ameliyatına alınması gerekiyordu. Derian'ın durumunun ciddiyetinin bize açıklandığı andan itibaren hayatımızın yönü değişti. Değişti; çünkü başka bir seçeneğimiz yoktu.

Cerrahın gelip göğsünü açmasını beklerken yardıma muhtaç minik bebeğimizi kucağımıza aldık. Kararsızlık, korku, çaresizlik ve öfke denizinde boğuluyorduk. Onu defalarca öperken birbirimizin ellerini tutmuştuk. Başarılı bir ameliyat sonrasında onu yeniden öpebilme umudunu taşıyorduk. Ameliyata girecek ekip geldi. İyi bakacaklarına söz verip, onu kollarımızın arasından aldılar. Ameliyat giysileri içindeki yabancıların Derian'ı alıp gitmeleri yüreğimizi sızlatmıştı. Birbirimize sarılıp ağlamaya başladık.

O anda ilişkimiz değişti. O ana kadar birbirimize hiç ihtiyaç duymadığımız kadar ihtiyaç duyuyorduk. Bebeğimize karşı hissettiklerimizi kimse anlayamazdı. Verdiğimiz mücadeleyi kimse veremezdi. Hissettiğimiz acıyı ve korkuyu kimse hissedemezdi. Biz bu bebeği yetiştirmek istiyorduk. Bizi birbirimize bağlayan bir bağ vardı, hem de sıkı bir bağ: Derian. Her ne kadar ölüm omuzlarımızın üzerinden bakıyor ve oğlumuzun üzerine gölge düşürüyor olsa da Tanrı'ya dua edecek ve onu bize bağışlaması için yakaracak cesaretimiz yoktu.

Derian, gerçek bir savaşçı gibi ameliyattan sağ çıktı. Fakat birkaç gün sonra kalp fonksiyonları durdu. Hastaneden çıkmayı beklerken, bir ameliyata daha girdi. Otuz altı gün boyunca hastanede kaldık.

Zaman geçiyor, hayat hızlı, vahşi ve kontrolsüz yaşanıyordu. Derian'ı eve çıkardıktan üç ay sonra yeniden hamile olduğumu öğrendim. Tanrı'nın insana katlanamayacağından fazlasını vermediğini söylerlerdi ama yükümün kaldıramayacağım boyutlara ulaştığını düşünmeye başlamıştım.

Tanrı'nın bir bebeğe daha bakabileceğimi düşünmesine inanamıyordum. İkinci bebeğimizi doğurmadan önce Derian bir ameliyata daha girdi. Ameliyattan yine başarıyla çıktı.

Eylül ayında oğlumuz Connor doğdu. Bu arada doğum iznine ayrıldığımdan öğretmenliğe bir süreliğine ara vermiştim. Okula dönmeme bir ay kala Derian'ı *check-up* için kardiyologa götürdük. Doktor bize, Derian'ın bir sonraki ay bir ameliyata daha girmesi gerektiğini söyledi. Bundan başka ameliyat olmayacağını söylemesi bizi rahatlattı. On yedi aylık yaşantısında dördünce kez ameliyat olacaktı.

Tamamen hazırlıksız yakalanmıştık. Maddî açıdan üç aylık doğum iznini planlamıştık. Şimdi de bir aylık maaşsız izin almam gerekiyordu. Bunun altından kalkmamız zor olacaktı. Hem yeni doğmuş bir bebeğe hem de Derian'a bakmamız çok zordu. O minik kalbi bu kadar ameliyata nasıl dayanacaktı.

Bunu atlatabilecek miydi? Korkuyorduk. Bizim gerçeğimiz hayatımızın akışını engelliyordu. Sorumluluk ve umutsuzluk bizi olumsuz etkiliyordu.

Aralık ayına girmiş Noel'e doğru yaklaşıyorduk. Kutlamalara katılmak istiyorduk ama Derian'ın ocak ayında ameliyata girecek olması Noel'in kutsallığını bile hatırlamamızı engelliyordu. Tatiller hayatımızın hep önemli bir parçası olmuştu. Bu yüzden de Robb, Noel'in birtakım kutlamalar yapmadan geçmesini istemedi. İş çıkışında bir Noel partisine davet edilince, normallik adına hemen bu teklife atladı. Robb'un bir partiye katılması beni sevindirmişti. Kısa bir süre için bile olsa kaygıdan uzak olmasını istemiştim.

O gece Derian da, Connor da nispeten rahat uyudular. Robb geldiğinde ben de yatmaya hazırlanıyordum. Yüzü sapsarıydı, gözlerinde şaşkın bir ifade vardı ve titriyordu. Ne olduğunu duymaktan korkuyordum.

Ciddi ve içten bir ses tonuyla, "Patsy, seninle konuşmak istiyorum. Eve gelirken tuhaf bir şey oldu. Arabayı kullanırken, Tanrı'yla konuşmaya başladım."

Nefesimi tuttum. Robb ve ben daha önce hiç Tanrı konusunda konuşmamıştık. Sessizlik hüküm sürüyordu. O konuşurken dikkatle dinledim.

"Patsy, Tanrı'ya ailemizden birini alacaksa, onun Derian değil, benim olmam gerektiğini söyledim." Kocamın gözleri kan çanağına dönmüştü. Gözyaşlarını tutamıyordu.

"Sonra sanki bir elin omuzlarımın üzerine dokunduğunu hissettim. Bir meleğin yumuşak ve sakin fısıldayışını duydum: 'Derian iyileşecek, kaygılanmayın,' dedi."

Robb'un söyledikleri donup kalmama neden olmuştu. Bir an için gözlerine dimdik baktım. Sonra birbirimize sarıldık ve hiç konuşmadık.

Bu evliliğimizin en önemli anlarından biridir. Yaşadığı ruhsal ve ilahi deneyimi benimle paylaşmak istemesi, bizi birbirimize iyice yakınlaştırdı. Ruhuna yolculuğa çıkmama ve ruhunu tanımama izin vermişti. Oğlumuza duyduğu derin sevgi beni çok etkilemişti. Bir daha onu aynı gözle göremedim.

Oğlumuz ameliyatı atlattı. Bunu izleyen yıllarda Robb'la ilişkimiz iyice yakınlaştı ve sevgimiz derinleşti. Paylaştıklarımız sadece duygusal yakınlığımızın artmasına değil, ruhsal yakınlığımızın da derinleşmesine neden oldu. Bizi güçlendirdi, birbirimize bağladı ve hayata hazırladı. Robb'un meleği evliliğimizin güçlenmesini sağladı. Kısa bir süre sonra Derian'ın beşinci ameliyata gireceği gerçeğiyle yüzleşmek zorunda kaldık.

Bebeğimiz bu ameliyatı atlatamadı. Ameliyattan kısa bir süre sonra hayata gözlerini yumdu.

Oğlumuzu kaybetmemiz çok üzücüydü ama Robb'la birbirimize iyice kenetlenmiştik. Derian bize büyük bir sevgi armağan etmişti. Yaşadığımız acıya rağmen, hâlâ duaya, mucizeye ve Tanrı'ya inanıyoruz. Her şeyden önemlisi, şimdi Derian adında minik bir melekten ilahi yardımlar alıyoruz.

Unutulmayacak Gerçek

"Bilginlerle beraber düşünmeli,
halkla hareket etmelidir."

Berkley

Bir zamanlar, bir kralın aklına şöyle bir düşünce geldi: 'Eğer bir işe ne zaman başlayacağımı; kimi dinleyeceğimi ve yapmam gereken en önemli şeyin ne olduğunu bilseydim, girdiğim her işi başarırdım.'

Krallığın dört bir yanına, kim kendisine her iş için en uygun vakti, o iş için en gerekli kişinin kim olduğunu ve yapılması gereken en önemli şeyin ne olduğunu öğretirse, ona büyük bir mükâfat vereceğine ilan etti.

Bilginler, kralın huzurunda toplandı fakat sorulara verdikleri yanıt birbirinden tamamen farklı çıktı. Doğru yanıtları alamayan kral, bilgeye danışmaya karar verdi ve onu ziyaret etmek için yola çıktı. Kral geldiğinde bilge, çiçek tarhlarını kazıyordu. Kralı gördü, selamlayıp kazmaya devam etti. Bilge, mecalsiz ve zayıf birisiydi. Kral merak ettiği soruları ona sordu.

Bilge kralı dinledi ama ona yanıt vermedi. Avuçlarına tükürüp, kazmaya devam etti. Bilgenin yorgun olduğunu gören kral yardım teklif etti. Bilge kabul edince de kazmaya başladı. Kral, iki tarh kazdıktan sonra, sorularını tekrarladı ama yine bir yanıt alamadı. Bunun üzerine kral konuştu:

"Ey bilge kişi, senin yanına sorularıma bir yanıt bulmak için geldim. Eğer yanıt vermeyeceksen, söyle de evime gideyim."

O sırada, koşarak oraya gelmekte olan bir adam gördüler. Adam yaralıydı. Beraberce ilgilenip adamı tedavi ettiler. Sabah uyanınca, kralın kendisine baktığını gören adam konuştu:

"Beni affedin. Ben, kardeşimi astırdığınız ve mallarını elinden aldığınız için sizden öç almaya yemin etmiş bir düşmanınızım. Ama yolda muhafızlarınız beni fark etti ve yaralı olarak ellerinden zor kurtuldum. Şimdi görüyorum ki hayatımı kurtardınız."

Kral düşmanlarıyla bu kadar kolay barıştığı ve onun dostluğunu kazandığı için çok mutlu oldu; onu affetmekle kalmayıp, uşaklarını ve kendi doktorunu gönderip onun tedavisini yaptıracağını söyledi. Ayrıca mallarını iade edeceğine de söz verdi.

Yaralı adamla vedalaşan kral, kapının önüne çıkıp bilgeyi aradı. Gitmeden önce, sormuş olduğu sorulara yanıt vermesini bir kez daha rica etmek istiyordu. Bilge dışarıda, bir gün önce kazmış oldukları tarhlara çiçek tohumlarını ekiyordu. Kral ona yaklaştı ve şöyle dedi:

"Sorularıma yanıt vermeniz için size son defa yalvarıyorum!"

"Anlayamıyorsunuz. Dün, eğer benim dermansızlığıma acımayıp, şu tarhları kazmasaydınız, gidecek ve şu adamın saldırısına uğrayacak, yanımda kalmadığınıza pişman olacaktınız. Yani en önemli vakit, tarhları kazdığımız vakitti, en önemli kişi bendim ve en önemli işiniz bana iyilik yapmaktı. Daha sonra bu adam yanımıza koşarak geldiğinde, en önemli vakit onunla ilgilendiğiniz vakitti; çünkü eğer onun yaralarını sarmasaydınız, sizinle barışmadan ölecekti. Dolayısıyla en önemli kişi oydu, en önemli iş de onun için yaptıklarınızdı.

"Bundan sonra şu gerçeği unutmayın: Tek önemli vardır, içinde bulunduğunuz an. O an, en önemli vakittir. Çünkü sadece o zaman elimizden bir şey gelebilir. En önemli kişi, kiminle beraberseniz, odur. Zira hiç kimse bir başkasıyla bir daha görüşüp, görüşemeyeceğini bilemez ve en önemli iş, iyilik yapmaktır. Çünkü insanın bu dünyaya gelmesinin tek sebebi budur."

Hayatın Tadı

"İnsanlar tecrübeleri nispetinde değil,
tecrübelerinden aldıkları dersler
nispedinde olgunlaşırlar."

Bernard Shaw

Bir zamanlar, her şeyden sürekli şikâyet eden, her gün hayatının ne kadar berbat olduğundan yakınan bir kız vardı. Hayat ona göre, çok kötüydü ve sürekli savaşmaktan, mücadele etmekten yorulmuştu. Bir problemi çözer çözmez, bir yenisi çıkıyordu karşısına.

Genç kızın bu yakınmaları karşısında, mesleği aşçılık olan babası ona bir hayat dersi vermeye niyetlendi. Bir gün onu mutfağa götürdü. Üç ayrı cezveyi suyla doldurdu ve ateşin üzerine koydu. Cezvelerdeki sular kaynamaya başlayınca, bir cezveye bir patates, diğerine bir yumurta, sonuncusuna da kahve çekirdeklerini koydu. Daha sonra kızına tek kelime etmeden, beklemeye başladı. Kızı da hiçbir şey anlamadığı bu faaliyeti seyrediyor ve sonunda karşılaşacağı şeyi görmeyi bekliyordu. Ama o kadar sabırsızdı ki, sızlanmaya ve daha ne kadar bekleyeceklerini sormaya başladı. Babası onun bu ısrarlı sorularına cevap vermedi.

Yirmi dakika sonra adam, cezvelerin altındaki ateşi kapattı. Birinci cezveden patatesi çıkardı ve bir tabağa koydu. İkincisinden yumurtayı çıkardı, onu da bir tabağa koydu. Daha sonra son cezvedeki kahveyi bir fincana boşalttı. Kızına dönerek sordu:

"Ne görüyorsun?"

"Patates, yumurta ve kahve?" diye alaylı bir cevap verdi kızı.

"Daha yakından bak bir de!" dedi baba, "patatese dokun."

Kız denileni yaptı ve patatesin yumuşamış olduğunu söyledi.

"Aynı şekilde, yumurtayı da incele."

Kız, kabuğunu soyduğu yumurtanın katılaştığını gördü. En sonunda, kızının kahveden bir yudum almasını söyledi.

Söylenileni yapan kızın yüzüne, kahvenin nefis tadıyla bir gülümseme yayıldı. Ama yine de bütün bunlardan bir şey anlamamıştı:

"Bütün bunlar ne anlama geliyor baba ?"

Babası, patatesin de, yumurtanın da, kahve çekirdeklerinin de aynı sıkıntıyı yaşadıklarını, yani kaynar suyun içinde kaldıklarını anlattı.

Ama her biri bu sıkıntı karşısında farklı tepkiler vermişlerdi. Patates daha önce sert, güçlü ve tavizsiz görünürken, kaynar suyun içine girince yumuşamış ve güçten düşmüştü. Yumurta ise çok kırılgandı; dışındaki ince kabuğun içindeki sıvıyı koruyordu. Ama kaynar suda kalınca, yumurtanın içi sertleşmiş katılaşmıştı.

Ancak, kahve çekirdekleri bambaşkaydı. Kaynar suyun içinde kalınca, kendileri değiştiği gibi suyu da değiştirmişlerdi ve ortaya tamamen yeni bir şey çıkmıştı.

"Sen hangisisin?" diye sordu kızına. "Bir sıkıntı kapını çaldığında nasıl tepki vereceksin? Patates gibi yumuşayıp, ezilecek misin? Yumurta gibi kalbini mi katılaştıracaksın? Yoksa kahve çekirdekleri gibi başına gelen her olayın duygularını olgunlaştırmasına ve hayatına ayrı bir tat katmasına izin mi vereceksin?"

Her şeyin sırrı 'sabırdır'...
Acıya sabredersin adı 'metanet' olur...
Açlığa sabredersin adı 'oruç' olur...
İnsanlara sabredersin adı 'hoşgörü' olur...
Dileğe sabredersin adı 'dua' olur...
Duygulara sabredersin adı 'gözyaşı' olur..
Özleme sabredersin adı 'hasret' olur...
Sevgiye sabredersin adı 'aşk' olur...

Hz. Mevlânâ

Bilmelisin

"Çok kimse öğüt dinler ama yalnız akıllılar bundan faydalanır."

Pubillius Cyrus

Bilmelisin ki...

Duvarda asılı diplomalar insanı insan yapmaya yetmez.

Bilmelisin ki...

Aşk kelimesi ne kadar çok kullanılırsa, anlam yükü o kadar azalır.

Bilmelisin ki...

Karşındakini kırmamak ve inançlarını savunmak arasındaki çizginin nereden geçtiğini bulmak zor.

Bilmelisin ki...

Gerçek arkadaşlar arasına mesafe girmez.

Gerçek aşkların da!

Bilmelisin ki...

Tecrübenin kaç yaş günü partisi yaşadığınızla ilgisi yok, ne tür deneyimler yaşadığınızla var.

Bilmelisin ki...

Aile hep insanın yanında olmuyor.

Akrabanız olmayan insanlardan ilgi, sevgi ve güven öğrenebiliyorsunuz.

Aile her zaman biyolojik değil.

Bilmelisin ki...

Ne kadar yakın olursa olsunlar, en iyi arkadaşlar da ara sıra üzebilir. Onları affetmek gerekir.

Bilmelisin ki...

Bazen başkalarını affetmek yetmiyor.

Bazen insanın kendisini affedebilmesi gerekiyor.

Bilmelisin ki...

Yüreğiniz ne kadar kan ağlarsa ağlasın, dünya sizin için dönmesini durdurmuyor.

Bilmelisin ki...

Şartlar ve olaylar, kim olduğumuzu etkilemiş olabilir.

Ama ne olduğumuzdan kendimiz sorumluyuz.

Bilmelisin ki...

İki kişi münakaşa ediyorsa, bu birbirlerini sevmedikleri anlamına gelmez. Etmemeleri de sevdikleri anlamına gelmez.

Bilmelisin ki...

Her problem kendi içinde bir fırsat saklar.

Ve problem, fırsatın yanında cüce kalır.

Bilmelisin ki...

Sevgiyi çabuk kaybediyorsun, pişmanlığın uzun yıllar sürüyor.

Can Yücel

Anılar Değerlidir

"Eski anılarımız, yeni umutlarımız olmalıdır."

Arséne Houssaye

Sıcak bir bahar günüydü. Avluda kızlarımın okul servisinden inmesini bekliyordum. Zaman çılgın gibi ilerliyordu ve sanki günlerdir ilk kez hiçbir şey yapmadan oturabiliyordum. Güneş kemiklerime işlemeye başlıyordu ve stres ve işlerden dolayı kasılmış vücudum gevşemeye başlıyordu. Kısa bir süre sonra servis geldi. Okuldan sonra güneşi görünce şımaran kızlar, bugünün evde oturacak bir gün olmadığını söylediler.

Buzlu kahve içiyordum *-altı yaşındaki kızlarımın denemeye can attığı bir yaz içeceği-*. Nostalji genini tetikleyen bir özelliği olmalı; çünkü içmeye başlar başlamaz eski günlerden konuşmaya başladı. "Bana buzlu kahve yapıp içmem için verdiğini hatırlıyor musun? Mutfakta hazırladığımız *-evde ne malzeme varsa temizle-* kurabiyelerini hatırlıyor musun? Ekmek yaptığımızı hatırlıyor musun, ben kuru üzümlü yapıp bir sürü yerdim. Sadece sen ve ben öğle yemeği hazırlardık ve domatesli sandviçler yerdik? (Ya çok acıkmıştı ya da o kadar çok yemek hazırlamıştık ki, bu kadar çok hatıra biriktirebilmişti.)

Büyük kardeşi onu oyun oynamak için ikna etmeye uğraştıysa da başarılı olamadı. "Hadi bisiklete binelim. Hadi salıncakta sallanalım. Hey Elizabeth, bahçeyi kazmak istiyor musun?"

Elizabeth her seferinde, "Hayır, ben annemle birlikte hatırlıyorum," dedi. Sandalyemin çevresinde dönüyor, saçlarını kulaklarının arkasına sıkıştırıyor ve her geçişinde bana dokunuyordu.

"Kütüphaneye gittiğimizi hatırlıyor musun? Sen kütüphaneyi geçip tekrar geri dönmüştün. Öğle yemeği için hamburgerciye gittiğimizi hatırlıyor musun? Bebeklerle bebek evinde oynadığımızı hatırlıyor musun? Kitap okuyup, sonra da uyuduğumuzu hatırlıyor musun?"

Sonra gözleri parladı.

"İkimizin öğle yemeği için piknik yaptığımızı ve ağaçların altında küçük bir masada yediğimizi hatırlıyor musun? Fıstık ezmeli sandviç ve limonata hazırlayıp çay saati partisi vermiştik, çok eğlenceliydi; çünkü sadece sen ve ben vardık. Joanna'ya söylememiştik. Babama söylemiştik ama iddiaya girerim ki unutmuştur."

"Ama biz unutmuyoruz, değil mi?" dedim.

Ciddiyetle bana bakıp, sevinçle "Çünkü çok mutluyum. Unutamam," dedi.

Elizabeth biraz da zorlanarak kucağıma oturmaya çalıştı, sırık gibi bacakları yüzünden artık eskiden olduğu gibi sığamıyordu. Artık sığmadığı için Joanna yanıma, yere oturdu ve gittikçe zorlaşan kelimelerin yazılışlarını sormaya başladı. Üçüncü sınıftakilerin sadece kolay kelimeleri yaptıklarını duymuştu ve onun da zor olanlar için pratik yapması gerekiyordu. 'Hatırlananlar' gibi kelimelerin arasına Joanna'nın okumaktan ve söylemekten zevk aldığı 'kirlilik', 'ekoloji' ve 'zambak' gibi cümleler kattığımı hatırlıyorum. "Doğru söylememe gerek yok anne; çünkü sadece eğlenmek için yapıyoruz," diyerek beni haberdar etti.

Sadece bir gün önce, Nisan 15'te, önceki yılın vergisi için kesintisiz net kârımı hesaplamıştım. Bakiyeyi tam tutturamıyordum ve üzücü bir şeklide henüz çoğu boş olan para kutusuna koymayı başarabildiğim azıcık paranın haricindekiyle ne yaptığımı düşünüyordum. Görünen, maaşımın karşılığında baş ağrısı ve stresten başka bir şey alamamıştım. 'Tüm bunlara değer mi?' diye düşünüyordum. O gece kızları yataklarına yatırırken, aklımda Elizabeth'in soruları çınlıyordu. Birden her şeyi tamamen farklı gördüm.

Elizabeth'e sıkıca sarıldım ve bebek kokusundan arta kalanları zevkle içime çekerken Joanna'dan 'musluk' kelimesini hecelemesini istedim. Çek defterimin bakiyesi ne gösterirse göstersin, ailemin hafıza bankasına anlatılamayacak zenginlikler yatırmıştım. Kurabiyeleri, bahçeleri, komşunun çiftliğinde yaptığımız yürüyüşleri, çimenlere uzanıp uçakları saydığımız günleri hatırlıyorlardı.

Zamanı hatırlıyorlardı hediyelerin verilebileceğinden çok daha cömertçe verilen.

Beni hatırlıyorlardı. Çocukça bir güzellik ve sevgiyle, bana değerimin altın paralardan ve banka hesabımıza yatırabildiklerimizden ya da hisse senedi portföyümüze ekleyebildiklerimizden çok daha fazla olduğunu hatırlatmışlardı.

Hiç kusurumuz olmasaydı,
başkalarında kusur bulmaktan
bu kadar zevk almazdık.
Hiç gururumuz olmasaydı, başkalarının
gururundan şikâyet etmezdik.

Cimrilik tutumlu cömertlikten daha çok aykırıdır.
İnce bir zevk zekâdan çok muhakeme gücünün eseridir.
Âlicenaplık her şeyi elde etmek için her şeyi hor görür.
Menfaat her türlü faziletleri ve ahlaksızlıkları harekete
geçirir.

Cömertlik, verme gururudur.
Gençlik devamlı sarhoşluktur.
Huy kusurları zihin kusurlarından fazladır.
Malı ve parayı hor gören çoktur ama veren az.
Bizi ne kadar överlerse övsünler,
yeni bir şey öğretmiş olmazlar.
Haset, kinden daha uzlaşmaz bir düşmandır.
İnsan sevdiği zaman, çok kere en ziyade inandığı
şeyden de şüphe eder.
Öğüt vermek kolay,
örnek olmak zordur.

Şaşmamız
gereken tek şey, hâlâ şaşabilmemizdir.
Çapkınlıkta en az bulunan şey aşktır.
İhtiyar olmasını bilen pek az adam vardır.
Dünyayı idare eden talihle mizaçtır.
Kabahat yalnız bir tarafta olsa, kavgalar uzun zaman devam etmezdi.

Vücut için can neyse, seven içinde aşk odur.
İnsanın en çabuk unuttukları söyleye söyleye bıktıklarıdır.

Alçak gönüllülük, Tanrı'nın kendisine kurban sunulmasını istediği mezbahadır.

Namuslu kadın bir definedir, bunu ele geçiren bununla böbürlenmese iyi olur.

İyi söz söylemenin en güç olduğu zaman, susmaktan utandığımız zamandır.

Kimseden hoşlanmayan adam, kimsenin kendisinden hoşlanmadığı insandan daha biçaredir.

Birinin yaptığını öbürü yıkıyorsa,
ikisinin de emeğine yazık değil mi?

Sabırla Büyümek

"Edep; edepsizlerin edepsizliğine sabretmektir."

Mevlânâ

Kavağın yanında bir kabak filizi boy göstermiş. Bahar ilerledikçe bitki kavak ağacına sarılarak yükselmeye başlamış. Yağmurların ve güneşin etkisi ile müthiş hızla büyümüş ve neredeyse kavak ağacıyla aynı boya gelmiş. Bir gün dayanamayıp sormuş kavağa:

"Sen kaç ayda bu hale geldin ağaç?"

"On yılda..." demiş kavak.

"On yılda mı?" diye gülmüş ve çiçeklerini sallamış kabak. "Ben neredeyse iki ayda seninle aynı boya geldim, bak..."

"Doğru," demiş ağaç. "Doğru!"

Günler günleri kovalamış ve sonbaharın ilk rüzgârları başladığında kabak, önce üşümeye başlamış sonra yapraklarını düşürmeye. Soğuklar arttıkça da aşağıya doğru inmeye başlamış.

Sormuş endişeyle kavağa:

"Neler oluyor bana ağaç?"

"Ölüyorsun..." demiş kavak.

"Niçin?" demiş kabak.

"Benim 10 yılda geldiğim yere, 2 ayda gelmeye çalıştığın için..."

Boş Saksı

"Doğruluk sonsuzluğun güneşidir, nasıl olsa doğar."

Wendel Philips

Bir zamanlar Uzak Doğu'da artık yaşlandığını ve yerine geçecek birini seçmesi gerektiğini düşünen bir imparator varmış. Yardımcılarından ya da çocuklarından birini seçmek yerine; kendi yerine geçecek kişiyi değişik bir yolla seçmeye karar vermiş. Bir gün, ülkesindeki tüm gençleri çağırmış ve:

"Artık tahttan inip, yeni bir imparator seçme vakti geldi. Sizlerden birini seçmeye karar verdim," demiş.

Gençler şaşırmışlar, ancak o devam etmiş:

"Bugün hepinize birer tohum vereceğim. Bir tek tohum... Ama bu çok özel bir tohum. Evlerinize gidip onu ekmenizi, sulayıp büyütmenizi istiyorum. Tam bir yıl sonra büyüttüğünüz o tohumla buraya geleceksiniz. Sizi, getirdiğiniz tohuma göre değerlendirip, birinizi imparator seçeceğim."

Gençlerin arasında Ling adında biri varmış. O da diğerleri gibi tohumu almış. Eve gidip, heyecanla olayı annesine anlatmış. Annesi bir saksı ve biraz toprak bulup, onun tohumu ekmesine yardım etmiş. Sonra birlikte dikkatlice sulamışlar. Her gün sulayıp, büyümesini bekliyorlarmış.

Yaklaşık üç hafta sonra, diğer gençler tohumlarının ne kadar büyüdüğünü anlatırken, Ling hayretle kendi tohumunda hiçbir değişiklik olmadığını görüyormuş. Üç hafta, dört hafta, beş hafta geçmiş... Hâlâ hiçbir farklılık yokmuş. Diğerleri yetişen bitkilerden söz ederken, Ling çok üzülüyormuş. İmparatorun, onu beceriksiz sanmasından çok endişeleniyormuş. Ancak, arkadaşlarına hiçbir şey demiyor, sabırla bekliyormuş.

Sonunda bir yıl bitmiş ve tüm gençler bitkilerini, imparatorun huzuruna getirmişler. Ling, annesine boş saksıyı götüremeyeceğini söyleyince, annesi ona cesaret verip, saksısını götürüp dürüst bir şekilde olanları imparatora anlatmasını istemiş. Ling, annesinin sözünü tutmuş ve boş saksıyla saraya gitmiş. Saraya varınca; gördüğü bitkilerin güzellikleri karşısında şaşırmış.

Sonra imparator gelmiş ve tüm gençleri selamlamış. Ling arkalarda bir yerlerde saklanmaya çalışıyormuş.

"Ne büyük bitkiler, çiçekler ve ağaçlar yetiştirmişsiniz. Bugün biriniz imparator olacak," demiş imparator.

Aniden arkada elinde boş saksıyla Ling'i fark etmiş. Hemen muhafızlarına, onu öne getirmelerini emretmiş. Ling çok korkmuş. 'Sanırım beceriksizliğimden dolayı beni öldürtecek,' diye düşünmüş.

Ling öne geldiğinde imparator adını sormuş.

"Adım Ling," demiş.

Tüm gençler gülüşüp, onunla alay etmeye başlamışlar. İmparator onları susturmuş. Ling'e bakıp, kalabalığa doğru dönmüş:

"Yeni imparatorunuzu selamlayın. Adı Ling!" demiş.

Ling inanamamış. Çünkü tohumu bile yetiştirememişken, nasıl imparator olur?

İmparator devam etmiş:

"Bir yıl önce, burada herkese bir tohum verdim. Siz ekip, sulayıp, bir yıl sonra getirecektiniz. Ama hepinize kaynamış tohum vermiştim. Asla büyümeyecek olan... Ancak Ling'in dışında herkes ağaçlar, bitkiler ve çiçekler getirdi: çünkü tohumunun büyümediğini fark edince, hepiniz onu bir başka tohumla değiştirdiniz. Oysa sadece Ling, içinde benim verdiğim tohum olan boş saksıyı getirme cesaret ve dürüstlüğünü gösterdi. Onun için yeni imparatorunuz o olacak!"

Sevgi Bedava

"Hiçbir süs ve makyaj bir kadını, annelik sevgisi kadar güzelleştirmez."

Emile Brachvogel

Küçük çocuk annesine geldi ve ona elindeki kâğıdı uzattı. Annesi ellerini önlüğüne silerek kuruladıktan sonra kâğıdı okumaya başladı:

Çimleri biçtiğim için: 5 dolar

Bu hafta odamı temizlediğim için: 1 dolar

Alışverişe gittiğim için: 50 sent

Küçük kardeşime baktığım için: 25 sent

Çöpü döktüğüm için: 1 dolar

İyi bir karne getirdiğim için: 5 dolar

Bahçeyi temizlediğim için: 2 dolar

Toplam borç: 14 dolar 75 sent

Annesi, umutla kendisini süzen oğluna baktı. Eline bir kalem aldı; kâğıdın arka yüzünü çevirdi ve şunları yazdı:

Seni dokuz ay karnımda taşıdım: *Bedava*

Hasta olduğunda başını bekledim, elimden geleni yaptım: *Bedava*

Senin için dua ettim: *Bedava*

Yıllar boyu değişik nedenlerle senin için gözyaşı döktüm: *Bedava*

Senin için geceler boyu kaygı duyup, uykusuz kaldım: *Bedava*

Oyuncaklarını topladım, yemeğini hazırladım, giysilerini yıkadım, ütüledim: *Bedava*

Ve oğlum bunların hepsini topladığın zaman gerçek sevginin bedelinin olmadığını görürsün; *bedavadır* çünkü.

Oğlu, annesinin yazdıkların okuyunca gözleri doldu. Annesine baktı ve "Anneciğim, seni seviyorum," dedi. Sonra annesinin elinden kalemi aldı ve kâğıda büyük harflerle şunları yazdı:

HEPSİ ÖDENMİŞTİR.

Söylediklerinize dikkat edin, düşüncelere dönüşür...

Düşüncelerinize dikkat edin, duygularınıza dönüşür...

Duygularınıza dikkat edin, davranışlarınıza dönüşür...

Davranışlarınıza dikkat edin, alışkanlıklarınıza dönüşür...

Alışkanlıklarınıza dikkat edin, değerlerinize dönüşür...

Değerlerinize dikkat edin, karakterinize dönüşür...

Karakterinize dikkat edin, kaderinize dönüşür.

Mahatma Gandhi

Geçmişini Unutma

"Geçmişin, geçmiş olması için;
zamanın geçmesi yetmez."

Amin Maalouf

Bir zamanlar bir köle vardı; ancak köle olmasına rağmen çok zeki ve hırslı bir insandı. Kölelik yaptığı evlerde boş durmamış, yeteneklerini geliştirmişti. Herkes uyurken ayakta kalmış, birkaç yabancı dil öğrenmiş, o çağın en önemli müzik aletlerini çalmayı başarmıştı. Sporcu bir kişiliğe sahipti. Çok yakışıklı oluşu da onun için olumlu bir puandı.

Görev yaptığı bütün evlerde okumadığı kitap bırakmadığı için de inanılmaz bir kültür birikimine sahipti. Bu engin kültürü konuşmasına ve tavırlarına yansıyordu.

Bütün bu özellikler sonucu, büyük paralar karşılığı önemli kişilere hizmet veriyordu. Yükselişi saraya kadar devam etti. Sarayda bahçıvan olarak kısa bir süre görev yaptıktan sonra, padişahın dikkatini çekerek Hariciye Nazırlığı'na (Dışişleri Bakanlığı) kadar yükseldi.

Bir kölenin bu şekilde ani yükselişi, o görevi uzun yıllardır bekleyen birçok saray erkanı tarafından kıskançlık ve nefretle karşılandı. Padişahın gözünden düşürmek için fırsatlar aramaya başladılar. Bu eski kölenin bir alışkanlığı vardı. Sarayda bir odaya gizlice giriyor, içeriden kapıyı kapatıyor ve bir süre sonra dışarı çıkıp, yeniden kapıyı kilitliyordu.

Düşmanlar bu durumdan yararlanarak iftira atmaya başladılar. İçeride sarayın bazı mücevherlerini sakladığını, belki de onları sattığını veya içeride bir kadın olabileceğini söylemeye başladılar. Dedikodular, kendisine çok güvenen padişahın kulağına kadar gitti. Padişah adamı huzuruna çağırarak, kulağına birtakım dedikodular geldiğini, bu odada gizli neler yaptığını sordu. Eski köle ne yaptığını söylemek istemediğini, kendisine ait çok özel bir şey olduğunu söylese de padişah ikna olmadı ve:

"Hemen oraya gidiyoruz," dedi.

Padişaha daha fazla direnemezdi; istemeyerek:

"Peki efendim, gidelim," dedi.

Dedikoducular da peşlerinden gidiyorlardı. İçeriye girdiklerinde, odanın içinde bir sandıktan başka hiçbir şey olmadığını gördüler. Padişah:

"Aç bakalım şu sandığı, içinde ne olduğunu görelim!" dedi.

Nazır, gönülsüz bir şekilde sandığı açtığında içinde eski bir çarık, yırtık bir gömlek, yırtık bir hırka ile yamalı bir pantolon gördüler. Şaşıran padişah sordu:

"Bunlar da neyin nesi?"

Nazır:

"Efendim, bunlar benim eski kölelik yaşamıma ait olan giysiler. Geçmişte yaşadıklarımı, nereden geldiğimi unutup şımarmamak için her gün gelirim, bunları giyerim ve aynanın karşısına geçerek kendime şöyle derim:

'Geldiğin yeri sakın unutma, bir gün yine oraya dönebilirsin!'"

Padişah utanarak odayı terk ederken, iftira atanlar öfkeyle işlerine dönmüşler.

Bir insan, size kızmak istiyorsa;
dünyanın en iyi insanı dahi olsanız bir neden
bulabilir. Aynı şekilde bir insan, sizi affetmek
istiyorsa, dünyanın en kötü insanı dahi olsanız
bir mazeret bulabilir. Aradaki fark,
sizin iyiliğinizde ya da kötülüğünüz de değil,
karşınızdakinin gözünde ne kadar
değerli olduğunuzla alakalıdır...

Kadını Ne Olgunlaştırır?

"Hıçkırarak ağlayan bir kadının gözyaşları,
ağlatan adamın başına geleceklerinin
altına atılacak imzadır."

Charles Bukowski

Bir kadını ağlatmak çok zor değildir aslında. Kadınlar her şeye ağlayabilir; bir filme, bir şarkıya, bir yazıya... En az erkekler kadar yani!

Ama bir kadını yürekten ağlatmak zordur. Eğer bir kadın yürekten ağlıyorsa, ağlatan onun yüreğine ulaşmış demektir. Ama o yüreğin değerini bilememiş olacak ki ağlatan, gözünü bile kırpmadan teker teker batırır iğnelerini yüreğe! İşte o zaman koca bir yumruk gelir, oturur boğazına kadının. Yutkunamaz, nefes alamaz; çünkü o koca yumruk canını çok acıtır. Gözleri buğulanır kadının sonra.

Ağlamayacağım, der içinden. Ama engel olamaz işte. Çünkü yüreğine ulaşmıştır birileri ve iğneler saplamaktadır.

Bu acıya ne kadar karşı koyabilir ki bir kadın. İnce ince süzülür yaşlar gözünden; önce birkaç damla, sonra bir yağmur seli... Ve kadın ağlar; hem de çok!

Sanmayın ki gidene ağlar kadın!

Gidenin, giderken koparttığı yerdir onu ağlatan, orada bıraktığı yaradır. O yaranın hiç kapanmayacağını, kapansa bile izinin kalacağı bilir kadın; o yüzden ağlar. Ama bilir misiniz, ağlamak kadınları olgunlaştırır. Her damla, daha çok kadın yapar kadınları. Her damla bir derstir çünkü.

Bazen kadınlar ağladığında çoğu insan, 'Ağlama, niye ağlıyorsun ki, değmez onun için,' derler. Bilmediklerindendir böyle demeleri. Çünkü yürekleri acıyan kadınlar ağlamazlarsa, ölürler. İçlerindeki zehirdir onları öldüren! Ağlayarak o zehirden kurtulur kadınlar, o irini temizlerler yaralarındaki! Çünkü bilirler, o irin temizlenmezse iltihaba dönüşür yaraları. Dönüşmemesi lazımdır oysa. O yüzden de bolca ağlarlar.

Zaman geçer sonra.

Kadınlar kendilerine sarılmayı öğrenirler. Umarım öğrenirler, yoksa ruhlar sapkın yollara çarpar kendini. Sapan ruhların doğru yolu bulması da yeni acılar demektir. Bunu bilir kadınlar, o yüzden eninde sonunda öğrenirler kendilerine sarılmayı...

Çok ağlayan kadınlar, birçok şeyden vazgeçen kadınlardır aslında. Her damla olgunlaştırır kadınları, evet ama olgunlaştıkça o safça inandıkları aşk gerçeği onların gözünde küçülür. Küçüldükçe değerini yitirir ve işte o zaman kendilerine sarılıp, yeni bir kadın yaratırlar kendilerinden. Güçlü, yenilmez, mağrur ve aşka inanmayan...

İnsanlar soruyorlar çoğu zaman neden bu kadar çok bekâr kadın var diye; hepsi kariyer derdinde olan. Çünkü inançlarını yitirdi o kadınlar. Zamanında yüreklerine o kadar çok iğne saplandı ki, o kadar çok ağladılar ki! Artık kendilerinden başka bir doğru olmadığına inanıyorlar, o yüzden kendilerine sarılıyorlar.

Çünkü biliyorlar ki sarıldıkları adamlar onları hak etmedi; hem de hiçbir zaman! Hep bir çıkarları oldu sarıldıkları adamların.

E… o zaman niye sarılsınlar ki! Niye sarılalım ki!

Etrafınızda yürekten ağlayan bir kadın varsa, bilin ki olgunlaşıyordur. Bilin ki, gerçekleri kabul etmeye başlamıştır. Bilin ki artık aşkın olmadığına inanmıştır. Bilin ki sarılacak tek bir doğrusu kalmıştır. O da kim, ne diye sormayın artık.

Çok ağlayan kadınlar, eninde sonunda kendilerine sarılırlar çünkü!

Hayatın Özü

"Şansın gerçekleşmesi için, önce siz hazır olmalısınız... Şans, hiçbir zaman aptalların peşinden koşmaz."

Berrel Royal

Pers İmparatoru'nun baş veziri Büzur Mehir tarafından 1400 yıl önce tasarlanan tavla oyunu; dünyanın en popüler oyunlarından biridir. Zaman kavramından alınan ilhamla tasarlanan oyunun, zamana böylesine direnmesi son derece etkileyici.

Senenin birliği olarak tavla bir tanedir. Tavlanın içindeki karşılıklı altışar hane, ayı temsil eder. On beş açık ve on beş koyu renkli pul, ayın on beş gece ve on beş gündüzünü simgeler. Karşılıklı on ikişer hane günün yirmi dört saatidir.

Eski zamanlarda Hint İmparatoru, Pers İmparatoru'na satranç oyununun yanında bir mektup göndermiştir. Mektubunda oyunla ilgili hiçbir açıklama yapmazken, sadece bir mesaj yazmıştır:

"Kim daha çok düşünüyor, kim daha çok biliyor, kim daha ileriyi görüyorsa o kazanır. İşte hayat budur..."

Pers İmparatoru dönemin en azim veziri olan Büzur Mehir ile bu mesajı paylaşarak, ondan oyunu çözmesi ve kendisinin de karşılık olarak Hint İmparatoru'na hediye edilmek üzere başka bir oyun icat etmesini ister. Vezir haftalarca çalıştıktan sonra gönderilen satrancın her taş hareketini ve oyunu çözer. Daha sonra da on günde tavlayı icat eder ve imparatoruna sunar.

Hint İmparatoru'na tavla oyunuyla birlikte gönderilmek üzere şöyle bir mesaj hazırlanır:

"Evet, kim daha çok düşünüyor, kim daha iyi biliyor, kim daha ileriye görüyorsa o kazanır. AMA GEREKEN, BİRAZ DA ŞANSTIR. İşte hayat budur..."

Yalnız olmak,

yanlış bir kalpte

olmaktan iyidir.

Bilinen Gerçek

"Acele hareket, yalnızca sinek avlamaya yarar."

Rus Özdeyişi

Çin düşünürü Lao Tzu'nun öyküsü...

Köyün birinde bir yaşlı adam varmış. Çok fakirmiş ama kral bile onu kıskanırmış... Öyle dillere destan bir beyaz atı varmış ki; kral bu at için ihtiyara neredeyse hazinesinin tamamını teklif etmiş ama adam satmaya yanaşmamış:

"Bu at, bir at değil benim için; bir dost. İnsan dostunu satar mı?" dermiş hep.

Bir sabah kalkmışlar ki, at yok. Köylü, ihtiyarın başına toplanmış:

"Seni ihtiyar bunak! Bu atı sana bırakmayacakları, çalacakları belliydi. Krala satsaydın, ömrünün sonuna kadar beyler gibi yaşardın. Şimdi ne paran var ne de atın," demişler.

İhtiyar, "Karar vermek için acele etmeyin," demiş. "Sadece at kayıp, deyin; çünkü gerçek bu. Ondan ötesi sizin yorumunuz ve kararınız. Atımın kaybolması, bir talihsizlik mi, yoksa bir şans mı? Bunu henüz bilmiyoruz. Çünkü bu olay, henüz bir başlangıç. Arkasının nasıl geleceğini kimse bilemez."

Köylüler ihtiyar bunağa kahkahalarla gülmüşler. Aradan on beş gün bile geçmeden, at bir gece ansızın dönüvermiş. Meğer çalınmamış, dağlara gitmiş kendi kendine. Dönerken de, vadideki on iki vahşi atı peşine takıp getirmiş. Bunu gören köylüler toplanıp ihtiyardan özür dilemişler. "Babalık," demişler, "sen haklı çıktın. Atının kaybolması bir talihsizlik değil, adeta bir devlet kuşu oldu senin için; şimdi bir at sürün var."

"Karar vermek için gene acele ediyorsunuz," demiş ihtiyar. "Sadece atın geri döndüğünü söyleyin. Bilinen gerçek sadece bu. Ondan ötesinin ne getireceğini henüz bilmiyoruz. Bu daha başlangıç."

Köylüler bu defa açıkça ihtiyarla dalga geçmemişler ama içlerinden, 'Bu herif, sahiden geri zekâlı' diye geçirmişler... Bir hafta geçmeden, vahşi atları terbiye etmeye çalışan ihtiyarın tek oğlu attan düşmüş ve ayağını kırmış. Evin geçimini temin eden oğul, şimdi uzun zaman yatakta kalacakmış. Köylüler gene gelmişler ihtiyara. "Bir kez daha haklı çıktın," demişler. "Bu atlar yüzünden tek oğlun, bacağını uzun süre kullanamayacak. Oysa sana bakacak başkası da yok. Şimdi eskisinden daha fakir, daha zavallı olacaksın," demişler.

İhtiyar, "Siz erken karar verme hastalığına tutulmuşsunuz," diye cevap vermiş. "O kadar acele etmeyin. Oğlum bacağını kırdı. Gerçek bu. Ötesi sizin verdiğiniz karar. Ama acaba ne kadar doğru? Hayat böyle küçük parçalar halinde gelir ve ondan sonra neler olacağı size asla bildirilmez."

Birkaç hafta sonra, düşmanlar kat kat büyük bir ordu ile saldırmış. Kral son bir ümitle eli silah tutan bütün gençleri askere çağırmış. Köye gelen görevliler, ihtiyarın kırık bacaklı oğlu dışında bütün gençleri askere almışlar. Köyü matem sarmış. Çünkü savaşın kazanılmasına imkân yokmuş; giden gençlerin sonunda ya öleceğini ya da esir düşeceğini herkes biliyormuş.

Köylüler, gene ihtiyara gelmişler... "Gene haklı olduğun ortaya çıktı," demişler. "Oğlunun bacağı kırık ama hiç değilse yanında. Oysa bizimkiler, belki asla köye dönemeyecekler. Oğlunun bacağının kırılması talihsizlik değil, şansmış meğer..."

"Siz erken karar vermeye devam edin," demiş ihtiyar. "Oysa ne olacağını kimseler bilemez. Bilinen bir tek gerçek var. Benim oğlum yanımda, sizinkiler askerde... Ama bunların hangisinin talih, hangisinin şanssızlık olduğunu sadece Allah biliyor."

Lao Tzu, öyküsünü şu nasihatle tamamlamış:

"Acele karar vermeyin.

Hayatın küçük bir dilimine bakıp, tamamı hakkında karar vermekten kaçının.

Karar; aklın durması halidir.

Karar verdiniz mi, akıl düşünmeyi, dolayısı ile gelişmeyi durdurur.

Netice itibariyle akıl, insanı daima karara zorlar.

Çünkü gelişme halinde olmak tehlikelidir ve insanı huzursuz yapar.

Oysa gezi asla sona ermez.

Bir yol biterken yenisi başlar.

Bir kapı kapanırken, başkası açılır.

Bir hedefe ulaşırsınız ve daha yüksek bir hedefin hemen oracıkta olduğunu görürsünüz."

Anne Özlemi

"Anne ailenin güneşidir. Bir ailede o olmazsa orada büyüyen çocuklar gölgede kalmış meyveler gibi olgunlaşamazlar."

Pestalozzi

Saçına her zaman çiçek takardı. Her zaman. Çiçek çoğunlukla acayip görünürdü. Gün ortasında bir çiçek. Hem de iş yerinde. Hem de önemli toplantılarda. Çalıştığım büyük ve yoğun büronun grafik tasarımcısıydı. Son derece modern döşenmiş büroya her gün omuz hizasındaki saçında bir çiçekle gelirdi. İş yerine uygun kıyafetiyle genellikle uyumlu, parlak renkli çiçeği koyu kahverengi saçlarının arkasına takardı. Şirketin yılbaşı partisi gibi kimi durumlarda çiçek kutlamalara renk katar, olaya uygun düşerdi. Ama iş yerinde tuhaf görünüyordu. Bürodaki daha 'profesyonel' kimi kadınlar, bu duruma açık açık kızıyor, birinin onu bir kenara çekip, iş dünyasında 'ciddiye alınmanın kuralları'ndan haberdar etmesi gerektiğini düşünüyorlardı. İçinde benim de bulunduğum diğer grup ise bunu yalnızca tuhaf buluyordu ve kendi aramızda ona 'çiçek gücü' ya da 'çiçek kız' diyorduk.

Birimiz diğerine hafif çarpık bir gülümsemeyle, "Çiçek gücü Wal-Mart projesinin başlangıç tasarımını tamamlamış mı?" diye sorardı.

Yanıt, "Elbette. Harika bir iş çıkarmış, proje çiçek açtı," diye gelirdi. Yüzümüzde ortak bir eğlencenin bilgiç gülüşmeleri olurdu. O sırada bu alaycılığımızı masum buluyorduk. Bildiğim kadarıyla hiç kimse genç kadının neden her gün işe başında bir çiçekle geldiğini sorgulamamıştı. Aslına bakarsanız, bir gün çiçeksiz gelse herhalde neden çiçeğini takmadığını sorgulardık.

Bir gün öyle oldu. Büroma bir proje getirmişti ve çiçeğinin başında olmadığını fark edip sordum: "Bugün saçına çiçek takmamışsın. Gözümüz buna o kadar alışmış ki şimdi sende bir eksik var gibi geliyor."

Yavaşça, biraz da hüzünlü bir biçimde, "Haklısın," dedi. Bu, onun neşeli ve canlı kişiliğine uymuyordu. Bir anda odayı kaplayan sessizlik rahatsız edici ve kışkırtıcıydı. "Sen iyi misin?" diye sordum. 'İyiyim,' yanıtı beklememe karşın, girdiğim alanda unutulmuş bir çiçekten daha fazlası olduğunu seziyordum.

Anılarla ve hüzünle yüklü bir ifadeyle, yumuşak bir sesle, "Şey, bugün annemin ölüm yıldönümü," dedi. "Onu çok özlüyorum. Bu yüzden biraz hüzünlüyüm."

Ona acıyordum ama duygusal sulara girmek de istemiyordum. "Anlıyorum," dedim. "Eminim bu konuyu konuşmak senin için çok zordur," diye sürdürdüm. Mesleki yönüm, beni olumlayıp konuyu kapatmasını diliyordu fakat kalbim konuşulacak daha çok şey olduğunu biliyordu.

"Yo, pek değil, gerçekten. Bugün aşırı hassas olduğumun farkındayım. Sanırım bu bir matem günü," dedi ve bana öyküsünü anlatmaya koyuldu:

"Annem kansere yenik düşmek üzere olduğunu biliyordu. Öldüğünde ben 15 yaşındaydım. Birbirimize çok yakındık. O kadar sevgi dolu ve vericiydi ki. Ölmek üzere olduğunu bildiği için 16 yaşından 25 yaşına kadar her yıl doğum günümde izlemem için bana doğum günü mesajları kaydetmiş. Bugün benim 25'inci yaş günüm ve sabah annemin bugün için özel olarak kaydettiği videokaseti izledim. Sanırım hâlâ izlediklerimin etkisi altındayım. Onun hayatta olmasını isterdim."

Ona büyük bir yakınlık duyuyordum. "Seni çok iyi anlıyorum," dedim.

"Nezaketine teşekkür ederim," diye cevap verdi. "Ha, çiçeğimi neden takmadığımı sormuştun. Ben küçük bir kızken annem saçıma çiçek takardı. Hastanede yattığı günlerden birinde ona bahçemizden kocaman bir gül götürdüm. Çiçeği koklaması için burnuna doğru tutuyordum. O sırada çiçeği elimden aldı, hiçbir şey söylemeden beni kendine doğru çekti, saçlarımı okşadı ve küçük bir kızken yaptığı gibi çiçeği saçıma taktı. Annem aynı gün öldü." Bunları söylerken gözleri yaşarmıştı. "O zamandan beri saçıma hep bir çiçek takıyorum. Çiçek, bana onun yalnızca ruhen de olsa yanımda olduğunu hissettiriyordu." Derin bir soluk aldı. "Bugün, 25'inci yaş günüm için hazırladığı kaseti izledim. Ben büyürken yanımda olamadığı için özür diliyor, iyi bir anne olduğunu umduğunu söylüyordu. Bir de benden artık kendi kendime yettiğimi gösteren bir işaret istiyordu. Annemin tarzı buydu." Yüzünde anıların canlandırdığı bir gülümsemeyle bana baktı. "Çok akıllıydı."

Başımla olumladım: "Evet, çok akıllıca."

"Ben de bu işaretin ne olabileceğini düşündüm. Ve çiçek artık gitmek zorundaymış gibi geldi. Ama onu ve benim için temsil ettiği şeyleri çok özleyeceğim."

Ela gözlerini başka yöne çevirdi ve sözlerini sürdürdü. "Böyle bir annem olduğu için çok şanslıyım." Sesi uzaklaşmış gibiyken yeniden göz göze geldik ve yüzünde hüzünlü bir gülümseme gördüm. "Ama bunları anımsamak için çiçeğe gereksinimim yok. Bunu biliyorum. Çiçek, yalnızca değerli anılarımın bir işaretiydi. Çiçek olmasa da anılarım yerlerinde duruyorlar. Yine de çiçeğimi özleyeceğim... Neyse, proje burada. Umarım onu beğenirsin." Bana özenle hazırlanmış dosyayı uzattı. Kâğıdın altında adıyla birlikte eliyle çizdiği bir çiçek resmi vardı. Bu, onun imzasıydı.

Gençliğimde, 'Birini yargılamadan önce kendini onun yerine koy,' sözünü çok duymuştum. Saçına çiçek takan bu genç kadına karşı ne denli duyarsız olduğumu düşündüm. Bunu, hiçbir şey bilmeden, genç kadının kaderinden ve uğradığı şanssızlıktan haberim olmadan yapmıştım. Şirketimin içini dışını çok iyi bilmekle övünürdüm ve her bir rolün ve işlevin bir diğerini nasıl etkilediğini bildiğimi sanırdım. İnsanın kişisel yaşamının mesleki yaşamıyla ilgisi olmadığına ve işe gelirken kişisel yaşamın kapıda bırakılması gerektiğine inanmam ne kadar acı. O gün, o genç kadının saçına taktığı çiçeğin, dışarıya verdiği sevginin bir simgesi olduğunu, kendisi genç bir kızken yitirdiği genç annesine bağlı kalmak için keşfettiği bir yol olduğunu öğrendim.

Kadının tamamladığı projeye göz gezdirdim ve bu proje, var olma duygusunu bu denli derin yaşama yetisine sahip biri tarafından hazırlandığı için gurur duydum. Onun yaptığı işlerin her zaman mükemmel olması şaşırtıcı değildi. O, her günü kalbinde yaşıyordu ve benim de kalbime yeniden yolculuk etmemi sağladı.

Sarılmayı bilir misin?..
Sahiplenmeyi sahiplendiğinde
sadık kalmayı?..
Sen bilir misin âşık olmayı?..
Bölünebilir misin ikilere, üçlere
gerekirse binlere...
Yapabilir misin,
gerçekten sevebilir misin?..
Sevmenin demesi olmaz!
Unutma ya çok seversin bir kere
ya da hiç sevemezsin!

Hz. Mevlânâ

Kumdan Kale

"Arkadaşlık her zaman
gölge veren bir ağaçtır."

Samuel Taylor Coleridge

Çocukken kendime en çok sorduğum sorulardan biri, 'Serçeler ölünce nereye giderler?' sorusuydu. Yanıtı o zaman da bilmiyordum, şimdi de bilmiyorum. Şimdi kötü bir güç tarafından susturulmuş ölü bir kuş gördüğümde onun ölmediğini biliyorum. Bir şey onu öldürüyor: Bir şeyler onu götürüyor, geriye karanlık gecede kayıp bir ruh kalıyor.

Altı yaşımdayken en iyi arkadaşım bizim sokakta oturan bir erkek çocuğuydu. Benim oyun alanımda oynar, yetişkinlerin çoktan unuttukları şeylerden, yani hiç büyümemekten, yataklarımızın altındaki ya da karanlık odalardaki canavarlardan söz ederdik. Adı Tommy'ydi ama ben ona 'Serçe' diyordum; çünkü yaşına göre ufak tefekti. Şimdi bu ismi düşününce içim bir tuhaf oluyor; çünkü o da öldü.

Tommy'nin ölmek üzere olduğunu öğrendiğim günü anımsıyorum. Oyun alanında onu beklerken, isteksizce bir önceki gün başladığımız kaleyi yapıyordum. Tommy olmadığı zaman kendimi yarım hissediyordum, bu nedenle bana sonsuzluk gibi gelen bir süre boyunca bekledim. Yağmur yağmaya başladı. Evde telefonun çaldığını duydum. Annem bir şemsiyenin altına sığınmış olarak bana doğru geliyordu ama şemsiyeye karşın yüzü ıslaktı. Birlikte eve doğru yürüdük. İçeri girmeden hemen önce dönüp arkama baktığımda Tommy ile birlikte yaptığımız kumdan kalenin yağmurun altında çöktüğünü gördüm.

İçeri girip bir bardak sıcak çikolata içtikten sonra annem beni masaya çağırdı. Ellerini benimkilerin üzerine koydu. Elleri titriyordu. O an içime doğdu: Tommy'ye bir şey olmuştu. Annem doktorların bir süre önce ona birkaç kan testi yaptıklarını söyledi. Test sonuçlarına baktıklarında kötü bir şey görmüşlerdi. O kötü şey lösemiydi. Bunun ne olduğunu bilmiyordum, anneme anlamaz gözlerle baktım ama kalbim biliyordu ve bir ağırlık duyumsuyordum. Tommy'de olan, hayır, Tommy'yi alan, şeyi olan insanların gitmek zorunda olduklarını söyledi. Onun gitmesini istemiyordum. Benimle kalmasını istiyordum.

Ertesi gün Tommy'yi görmek zorundaydım. Tüm bunların doğru olup olmadığını bilmeliydim, onun için otobüs şoföründen beni, bizim ev yerine Tommy'nin evinin önünde indirmesini istedim. Kapıya gittiğimde annesi, Tommy'nin beni görmek istemediğini söyledi. Küçük bir kızın kalbinin ne kadar kolay kırıldığını bilmiyordu. Ağlayarak eve doğru koşmaya başladım. Eve döndükten sonra Tommy aradı. Anne babamız yattıktan sonra oyun alanında buluşmamızı önerdi, kabul ettim.

Farklı görünmüyordu, yalnız biraz solgundu. Evet, bu Tommy'ydi. Beni görmek istemişti. Yetişkinlerin anlamadıkları şeylerden konuştuk ve konuşurken de kumdan kalemizi yeniden yaptık. Tommy ikimizin de böyle bir kalede yaşayacağımızı ve hiç büyümeyeceğimizi söyledi. Ona tüm kalbimle inanıyordum. Sonra kumdan kalemizin gözetimi altında, sıcak kumların ortasında, gerçek dostluğun verdiği tatlı rahatlıkla uyuyakalmışız.

Güneş doğmadan hemen önce uyandım. Oyun alanımız, yalnızca arka verandanın ve caddenin kestiği bir çimen denizinde ıssız bir ada gibiydi. Bir çocuğun imgelemi sınırsızdır. Çiy, hayali denize yakamozlu bir parıltı vermişti. Hayali denizi dalgalandırıp dalgalandıramayacağımı görmek için elimi çiye uzattığımı anımsıyorum, ama dalga olmadı. Tommy'ye dönüp bakınca şaşkınlık içinde gerçeğe döndüm. Tommy çoktan uyanmış, kaleye bakıyordu. Ben de ona katıldım ve kumdan kalenin iki küçük çocuk için yarattığı duygu yüklü büyüye bakarak oturduk.

Sessizliği Tommy bozdu. "Ben kaleye gidiyorum," dedi. Ne yaptığını bilen robotlar gibi hareket ediyorduk ve sanırım biraz da olsa biliyorduk. Tommy başını kucağıma koydu ve uykulu bir sesle, "Ben şimdi kaleye gidiyorum. Beni ziyarete gel, orada yalnız olacağım," dedi. Onu ziyaret edeceğime tüm kalbimle söz verdim. Sonra Serçem, gözlerini kapadı ve o anda tüm serçelerin öldükleri zaman gittiklerini bildiğim yere doğru uçtu. Ve beni kollarımda cansız, küçük bir kuşla bıraktı.

20 yıl sonra Tommy'nin mezarına gittim ve üzerine küçük bir oyuncak kale koydum. Kalenin üzerine, 'Serçem Tommy'ye. Bir gün kalemize geleceğim. Sonsuz sevgilerimle' yazdım.

Hazır olduğum zaman oyun alanımızın olduğu yere gidip, kumdan kalemizi hayal edeceğim. Sonra benim ruhum da Tommy'ninki gibi bir serçeye dönüşecek ve kaleye, Tommy'ye, diğer bütün küçük, kayıp serçelerin yanına uçacak. Yeniden, hiç büyümeyecek altı yaşında bir çocuk olacağım.

Düğün Hediyesi

"Yaşamınızdaki her sorun, içinde bir armağan saklar."

Richard Bach

Dört kızın en küçüğü olarak, ailecek bir araya geldiğimizde anneannem Lou'nun ihtiyaçlarını ben karşılamaya çalışırdım. Lucinda Mae Hamish, kısacası anneannem Lou, uzun aklaşmış örgülü saçları ve keskin yüz hatlarıyla ince, dal gibi bir kadındı. Ailemizin usta bahçıvanıydı anneannem. Ekonomik kriz döneminde yaşadığından her şeyi iki kere kullanmayı öğrenmişti. Eskiyen eşyaları yeniden, bu sefer bahçede kullanırdı.

Anneannem Lou bizi ziyarete geldiğinde, zarfların içine yerleştirdiği ve üzerlerine nasıl kullanılacağını yazdığı etiketler yapıştırdığı tohumlarından getirirdi. El yazısı gayet okunaklı ve güzeldi. Her birimize ayrı bir bitki verirdi; kız kardeşlerim sabırsız olduklarından ve işlerini ihmal ettiklerinden onlara her koşulda büyüyen domates, havuç ve kenevir gibi bitkiler verirdi. Bana en hassas olanları ayırırdı.

En büyüğün bir küçüğü olan kız kardeşimin düğününde anneannem seksen dört yaşındaydı, yalnız yaşıyordu ve tarlalarını hâlâ kendisi sürüyordu. En büyük kız kardeşime olduğu gibi Jenny'ye de kendi bahçesinin tohumlarıyla dolu bir kavanoz verdi.

Yuvarlak ağızlı kavanozun içinde rengârenk tohumlar halka oluşturmuştu. En altta fasulye toprak tonlarında yerini almıştı. Altın sarısı renk alana dek peynirimsi görünümüyle mısır tohumu bir sonraki sıradaydı. Onun üstünde tek tek salatalık, kabak ve kavuz tohumları kenevirin tüylü tohumlarıyla kaynaşmışlardı. En üstte yine peynirimsi yapılarıyla nane ve fesleğen tohumları vardı. Kavanozun ağzı hoş bir mantarla kapanmış ve sevimli bir kurdeleyle bağlanmıştı. Kavanozun içine yeni çifte ömür boyu yetecek kadar tohum yerleştirilmişti, neredeyse tüm bahçe bitkilerini içeren.

İki yıl sonra anneannem felç geçirdi. Bir yardımcı tutuldu ve onunla apartman dairesinde yaşamak zorunda kaldı. O yıl benim düğünüme gelemese de düğün gecesinde süslü püslü hediye paketleri arasında ünlü kavanozu görmek beni mutlu etti.

Ama önceki kavanozların tersine benimkinde rengârenk tohum sıraları yoktu. Sanki bütün tohumlar bir çuvalın içinde harman yapılmış ve sonra kavanoza doldurulmuştu. Seçtiği kapak bile paslanmıştı; eski, önceden kullanılmış bir kapak olduğu ortadaydı. Anneannemin hasta olduğunu düşününce bu hoş geleneği hatırlaması bile beni mutlu etmeye yetmişti.

Eşim Mark şehir merkezinde iş buldu ve ufak bir apartman dairesine taşındık. Burada bahçe yapmak söz konusu bile değildi. Tohum kavanozunu oturma odasına yerleştirdim. Orada günün birinde bahçemiz olacağı sözünü verir gibi duruyordu.

Anneannem ikizlerimizin doğduğu yıl öldü. Oğullarımız yürümeye başladığında tohum kavanozunu buzdolabının üzerine kaldırdım. Meraklı ellerin hazineme ulaşmalarını istemiyordum.

Daha sonra müstakil bir eve taşındık ama arka bahçemiz bitki yetiştirecek kadar ışık almıyordu. Çimleri yeşil tutmak için biçiyor, suluyor, aralarda çıkan otlara karşı savaş veriyordum.

Oğlanlar, sürekli kopartıp savaş verdiğim otlar kadar çabuk bir gecede büyüyüverdiler. Kendi ayakları üzerinde durmaya başladılar. Mark ise emekli olmaya karar vermişti. Huzurlu akşamlarımızı Mark'ın balık tutabileceği ve benim bahçemin olacağı şehir dışında bir evin hayallerini kurarak geçiriyorduk.

Bir yıl sonra sarhoş bir sürücü Marka çarptı ve boyundan aşağısı felç oldu. Biriktirdiğimiz bütün para fizik tedaviye gitti. Mark'ın elleri ve kollarında hafif bir hareket söz konusuydu. Ama günlük ihtiyaçları için bir hemşire tutmak gerekiyordu.

Hastane ziyaretleri ve maddî sorunlar arasında bunalmıştım. Sonunda Mark benim bakımıma muhtaç olacaktı. Onun yarı boyutlarında birisi olarak, onu yatağa kadar taşımamın bile imkânsız olduğunun farkındaydım. Ne yapacağımı bilmiyordum. Bırakın geceli gündüzlü hemşire tutmayı, sadece gündüz bir hemşire tutacak paramız bile yoktu.

Bana gelince o kadar bitkindim ki yemek yemeye bile halim yoktu. Yakınımızda oturan kız kardeşim Jenny her gün ziyarete geliyor, ağzıma birkaç lokma almam için beni zorluyordu. Bir gün bir tava lazanya ile geldi ve tabaklarımıza yemeklerimizi koyduktan sonra çeneye başladı. Mark'ı sorunca ağlamaya başladım. Yakında eve çıkacağından ve paramızın tükendiğinden söz ettim. Biriktirdiği mütevazı birikimi bizimle paylaşabileceğini, hatta bizim eve taşınıp, ona bakabileceğini söyledi. Mark'ın buna izin veremeyecek kadar gururlu olduğunu biliyordum.

Tabağıma baktım. İştahım kesilmişti. Aramızdaki sessizlik nedeniyle yemeğimize ümitsizlik çöreklenmişti. Kendimi zorla toparladım ve tabakları yıkamak için bana yardım etmesini istedim. Başını salladı ve lazanyayı kaldırdı. Buzdolabının kapağı kapanırken tohum kavanozu duvarla dolabın arasına doğru yuvarlandı. Jenny sesle irkildi ve "Bu da nesi?" diye sordu, tam kavanozu yakalamışken.

Mutfak lavabosunun önünde olayları izlerken, "Anneannemin kavanozu. Düğünlerimizde hepimize hediye olarak göndermişti, hatırladın mı?" dedim. Jenny bana baktı sonra da kavanozu incelemeye koyuldu.

"Sen bunu hiç açmadın mı?" diye sordu.

"Bunları yetiştirecek kadar iyi toprağımız hiç olmadı ki!"

Jenny bir eline kavanozu aldı, diğer eliyle elimi kavradı ve heyecanla, "Haydi gel," dedi.

Yemek masasına geri döndük. Biraz zorladı ve üç denemeden sonra kapağı açtı. Kavanozu masaya ters çevirdi. Tohumlar masanın üzerine yayıldı.

"Ne yaptığını sanıyorsun?" diye bağırdım tohumları toplamaya çalışırken. Solmuş kahverengi ve ten rengi tohumlar eskimiş sararmış bir zarfın içinden dışarı saçıldı. Jenny eliyle silkeledi zarfı ve bana uzattı.

"Aç bakalım," dedi gülümseyerek. Zarfın içinde her biri yüzlük hisse senedi vardı. Şirket isimlerini okurken gözlerimiz fal taşı gibi açıldı. "Bunların şu andaki değerleri hakkında bir fikrin var mı?" diye sordu.

Elimle topladığım tohumları dudaklarıma götürürken anneannem Lou'ya sessizce teşekkür ettim. Bütün o yıllar boyunca bana bir bahçe hayali kurdurmuş ve eski tohum kavanozunun içini sevgiyle doldurmuştu.

Âşık olmakla sevmek arasındaki farkı

sormuşlar? Cevaplamış Şems:

"Senin baktığına herkes bakar;

ama senin onda görebildiğini herkes göremez.

Herkes âşık olabilir;

ama hiç kimse senin gibi sevemez.

Tek fark sensin...

Seni özel kılan;

sevdiğin değil, sevgin!"

Mutlu Yıllar

"Dünyada insanın en önemli işi, yüzünü ağartacak çocuklar yetiştirmektir."

Bertrand Russell

Annemin beni bir yaş günü partisine gönderdiği günü hiç unutmayacağım. Teksas'ta Wichita Falls'da oturuyorduk, üçüncü sınıftaydım. Öğretmenimiz Bayan Black'ti. Bir akşam eve fıstık ezmesiyle hafif yağlanmış bir davetiye götürdüm.

"Gitmeyeceğim," dedim. "Bu kız sınıfa yeni geldi. Adı Ruth. Berniece ve Pat da gitmeyecekler. Ruth, bütün sınıfı çağırdı, 36 kişiyi birden."

Annem el yapımı davetiyeyi incelerken alışılmadık bir biçimde üzgün görünüyordu. "Hayır, gideceksin," dedi. "Yarın senin için bir armağan alacağım."

Buna inanamıyordum. Annem bir partiye gitmem için daha önce beni hiç zorlamamıştı! Oraya gidersem öleceğime inanıyordum. Ama histeri krizleri annemin fikrini değiştirmem için yeterli olmadı.

Cumartesi günü geldiğinde annem beni zorla yataktan çıkardı ve 2 dolar 98 sente aldığı ayna, tarak ve fırçadan oluşan pembe incili seti paket yapmamı söyledi.

1950 model sarı ve beyaz renkli Oldsmobile'i ile beni partiye bıraktı. Kapıyı Ruth açtı ve beni hayatım boyunca gördüğüm en dik ve en korkutucu merdivenden yukarı çıkarttı.

Kapıdan içeri girince biraz rahatladım. Güneş giren oturma odasının tahta zemini pırıl pırıl parlıyordu. Odaya doluşturulmuş yıpranmış mobilyaların üstlerinde ve kolçaklarında kar beyazı danteller vardı.

Masanın üzerinde hayatımda gördüğüm en büyük pasta duruyordu. Pastanın üzerinde dokuz pembe mum, 'Mutlu Yıllar Ruthey' yazısı ve gül goncası olması gerektiğini düşündüğüm bir şeyler vardı.

Pastanın yanında da otuz altı tane fincan duruyordu. Fincanlar ev yapımı şekerleme doluydu ve her birinin üzerinde bir isim yazıyordu.

Çok da kötü olmayacak gibiydi. 'Hele herkes bir gelsin,' diye düşündüm.

Ruth'a "Annen nerede?" diye sordum.

Gözlerini yerden kaldırmadan, "O biraz hasta," dedi.

"Peki, ya baban?"

"O gitti."

Sonra sessizlik oldu, yalnız kapalı bir kapının arkasından kulak tırmalayıcı bir öksürük sesi geldi. On beş dakika geçti. Sonra 10 dakika daha. Birdenbire korkunç gerçeği fark ettim. Kimse gelmeyecekti. Buradan nasıl çıkacaktım? Ben durmuş kendi kendime acırken, bastırılmaya çalışılan bir hıçkırık sesi duydum. Kafamı kaldırınca Ruth'un yüzünün gözyaşlarıyla ıslanmış olduğunu gördüm. Sekiz yaşındaki kalbim birden Ruth'a karşı acımayla ve otuz beş bencil sınıf arkadaşıma öfkeyle doldu.

Beyaz rugan ayakkabılarımla yerimden kalktım ve avazım çıktığı kadar bağırdım: "Onlara ihtiyacımız yok ki!"

Ruth'un korku dolu ifadesi yerini heyecana bıraktı.

İki küçük kız birlikteydik ve üç katlı bir pastamız, 36 tane şekerleme dolu fincanımız, dondurmamız, gazozlarımız, gelenlere verilmek üzere hazırlanmış üç düzine küçük armağanımız, oynayacak oyunlarımız ve kazanacak ödüllerimiz vardı.

Kutlamaya pastayla başladık. Evde kibrit bulamadık ve Ruthey (artık o sadece Ruth değildi) annesini rahatsız etmek istemiyordu; bu nedenle mumları yakar gibi yaptık. Ben ona 'Mutlu Yıllar' şarkısını söylerken o mumların hayali alevine üfledi ve bir dilek tuttu.

Bir anda öğlen olmuştu. Annem evin önünde korna çalıyordu. Eşyalarımı toplayıp Ruthey'e tekrar tekrar teşekkür ettikten sonra arabaya, annemin yanına gittim. Heyecandan kıpır kıpırdım.

"Bütün oyunları ben kazandım. Aslında 'Eşeğe Kuyruk Takma' yarışmasını Ruthey kazandı ama doğum günü sahibinin ödül almasının doğru olmadığını söyleyip, ödülü bana verdi. Partiye gelenlere verilecek küçük armağanları yarı yarıya bölüştük. Anne, Ruthey ayna setine bayıldı. Partiye bir tek ben gelmişim. Bayan Black'in otuz altı kişilik sınıfından bir tek ben, düşünebiliyor musun? Ne kadar güzel bir parti kaçırdıklarını herkese söylemek için sabırsızlanıyorum!"

Annem arabayı sağa çekti, durdurdu ve bana sımsıkı sarıldı. Gözleri yaşarmıştı. "Seninle gurur duyuyorum," dedi.

O gün bir tek kişinin gerçekten bir fark yaratabileceğini öğrendim. Ben Ruthey'in dokuzuncu yaş gününde büyük bir fark yarattım, annem de benim yaşamımda büyük bir fark yarattı.

Bilmiyordu...
Başardı

"Hayatta en büyük zevk, başkasının 'yapamazsın' dediğini yapmaktır."

Walter Bagehot

Oğlum Joey doğduğunda bacakları yukarı doğru büküktü, ayaklarının altı karnına değiyordu. O ilk çocuğum olduğu için bu bana yalnızca tuhaf geldi ama gerçekte ne anlam taşıdığını anlamadım. Bunun anlamı Joey'in ayaklarının yumru olduğuydu. Doktorlar, bizi gereken tedavi yapıldıktan sonra onun normal yürüyebileceğine temin ettiler ama büyük olasılıkla hiçbir zaman iyi koşamayacaktı. Joey yaşamının ilk üç yılını ameliyatlarda, kalıplar ve bandajlar içinde geçirdi. Bacaklarına masaj yapılıyordu, alıştırmalar ve çalışmalar sonucunda yedi-sekiz yaşına geldiğinde bu konuda bir sorunu olmamış gibi yürüyordu.

Eğlence parkları ya da hayvanat bahçesi gibi yerlere gittiğimizde uzun mesafe yürürse bacaklarının yorulduğunu ve acıdığını söylüyordu. O zaman durup bir gazoz ya da bir külah dondurma molası veriyor ve gördüklerimiz ve görmemiz gerekenler hakkında konuşuyorduk. Ona bacaklarının neden acıdığını ve neden zayıf olduğunu söylemedik. Doğuştan sahip olduğu bir kusur nedeniyle bunun beklenen bir şey olduğundan söz etmedik. Ona söylemediğimiz için de bunu bilmiyordu.

Oyun oynayan tüm çocuklar gibi bizim çevremizdekiler de bol bol koşuyordu. Joey onları oynarken izler ve elbette o da aralarına katılıp koşardı. Ona büyük bir olasılıkla diğer çocuklar kadar iyi koşamayacağını da söylemedik. Ona farklı olduğundan söz etmedik. Biz söylemediğimiz için de bunu bilmiyordu.

Yedinci sınıfta kır koşusu grubuna katılmak istedi. Her gün takımla birlikte eğitim görüyordu. Daha çok çalışıyor ve diğerlerinden daha fazla koşuyordu. Başkalarında doğal olarak bulunan yeteneklerin kendisinde doğuştan var olmadığını belki de hissetmişti. Ona, koşabilse bile büyük olasılıkla grubun en arkasında kalacağını söylemedik. Takıma girmeyi ümit etmemesi gerektiğinden ona söz etmedik. Takımdaki koşucular, okulun en iyi yedi koşucusuydu. Tüm takım koşuyordu ama yalnızca o yedi çocuğun okula puan kazandırma gücü vardı. Ona büyük olasılıkla takıma giremeyeceğini söylemediğimiz için bunu bilmiyordu.

Joey, her gün günde dört-beş mil koşmayı sürdürdü. Bir gün hiç unutmuyorum, 39 derece ateşi vardı. Evde kalamayacağını çünkü koşu çalışması olduğunu söyledi. Bütün gün onun için endişelendim. Okuldan beni aramalarını ve gelip onu almamı söylemelerini bekliyordum ama arayan olmadı.

Okuldan sonra koşu eğitiminin yapıldığı yere gittim, belki beni görürse çalışmayı bırakmaya karar verir diye düşünüyordum. Okula vardığımda onu kenarı ağaçlarla çevrili uzun bir yolda koşarken buldum. Arabayı yanına sürdüm ve onunla aynı hizaya gelmek için yavaşladım. Ona kendisini nasıl hissettiğini sordum. "İyiyim," dedi. Yalnızca iki kilometresi kalmıştı. Yüzünden terler akıyordu, gözleri yüksek ateşten dolayı çakmak çakmaktı. Ama yine de dimdikti ve koşmayı sürdürdü. Ona 39 derece ateşle dört kilometre koşamayacağını söylememiştik. Biz söylemediğimiz için de bunu bilmiyordu.

İki hafta sonra dönemin sondan bir önceki koşusundan bir önceki gün, 'takım' koşucularının isimleri açıklandı. Joey listede altıncı sıradaydı. Takıma girmeyi başarmıştı. O zaman yedinci sınıftaydı, takımın diğer üyeleri ise sekizinci sınıf öğrencileriydi. Ona 'takım'a girmeyi beklememesi gerektiğini hiç söylemedik. Ona bunu yapamayacağını hiç söylemedik. Ona bunu yapamayacağını hiç söylemedik... onun için de bilmiyordu ve yaptı.

Biletler Ne Kadar?

"En güzel şarkılar nasıl sözsüz olanlarsa,
en iyi dostlar da adsız olanlardır."
Virginia Woolf

Bir insanın yaşamının en önemli kısmı, iyilik ve sevgi adına yaptığı küçük, adsız ve anımsanmayan eylemlerdir.

Ergenlik dönemindeydim ve babamla sirk bileti kuyruğunda bekliyorduk. Sonunda bilet gişesiyle aramızda tek bir aile kalmıştı. Bu aile beni çok etkiledi. Tümü de on iki yaşın altında tam sekiz çocukları vardı. Çok varlıklı olmadıkları her hallerinden belliydi. Üzerlerindeki giysiler pahalı şeyler değildi ama tertemizdi. Çocukların tümü babalarının arkasında ikişerli sıra olmuş, el ele ve terbiyeli terbiyeli sıranın kendilerine gelmesini bekliyorlardı. Neşe içinde palyaçolar, filler ve o gece görecekleri değişik şeyler hakkında konuşuyorlardı. Daha önce sirke gitmedikleri konuşmalarından belliydi.

O gece hiç kuşkusuz yaşamlarının çok önemli bir gecesi olacaktı. Anneyle baba gururla çocukların önünde duruyorlardı, el ele tutuşmuşlardı.

Gişedeki memur, babaya kaç bilet istediklerini sordu. Baba gururla, "İki tane eşimle kendim, sekiz tane de çocuklarım için bilet istiyorum," diye yanıtladı onu. Gişe memuru biletlerin bedelini söyledi. Annenin eli, babanın elinden ayrıldı ve başı öne düştü. Babanın dudakları titremeye başladı. Baba gişeye biraz daha yaklaştı ve "Ne kadar dediniz?" diye sordu. Gişe memuru biletlerin bedelini yineledi. Adamın o kadar parası yoktu.

Şimdi nasıl dönüp çocuklarına onları sirke götürecek kadar parası olmadığını söyleyecekti? Babam onları görünce elini cebine soktu, cebinden bir 20 dolar çıkardı ve yere düşürdü (biz de çok varlıklı bir aile değildik). Babam sonra yere eğildi, parayı yerden aldı, adamın omzuna dokundu ve ona, "Affedersiniz, bu para cebinizden düştü," dedi. Adam olan biteni anlamıştı. Dilenmiyordu ama çok çaresizdi. Utanç duyduğu ve çok üzüldüğü bu durum karşısında yapılan yardımı minnetle karşılamıştı. Babamın gözlerinin içine baktı, eli iki elinin arasında, 20 doları aldı. Dudakları titrerken babama "Teşekkür ederim, çok teşekkür ederim, bayım. Bu yaptığınızın benim ve ailem için önemi çok büyük," dedi.

Biz babamla arabamıza bindik ve evimize döndük. O gece sirke gidemedik ama bunun hiç önemi yoktu.

"Âşıkların

gönüllerinin yanışıyla gözyaşları olmasaydı;

dünyada su da olmazdı,

ateş de... "

Hz. Mevlânâ

Kurabiyeler Kimin?

"Gerçek kibarlık kadar
iyi bir savunma silahı yoktur."

E. W. Lucas

Bir gece, kadının biri havaalanında bekliyordu. Uçağının kalkmasına daha epeyce zaman vardı. Havaalanındaki dükkândan bir kitap ve bir paket kurabiye alıp, kendisine oturacak bir yer buldu. Kendisini kitabına kaptırmış olmasına rağmen, yanında oturan adamın olabildiğince cüretkâr bir şekilde aralarında duran paketten birer birer kurabiye aldığını fark etti; ne kadar görmezden gelse de.

Bir taraftan kitabını okuyup kurabiyesini yerken, bir taraftan da gözü saatteydi. 'Kurabiye hırsızı' kurabiyeleri yavaş yavaş tüketirken, kadının kulağı da saatin tiktaklarındaydı; ama tiktaklar sinirlenmesini yine de engelleyemiyordu. Kendi kendine düşünüyordu; 'Kibar bir insan olmasaydım, şu adamın gözünü morartırdım!'

Her kurabiyeye uzandığında, adam da elini uzatıyordu. Sonunda pakette tek bir kurabiye kalınca, 'Bakalım şimdi ne yapacak?' dedi kendi kendine.

Adam yüzünde asabi bir gülümsemeyle son kurabiyeye uzandı ve kurabiyeyi ikiye böldü. Kurabiyenin yarısını ağzına atarken, diğer yarısını kadına verdi. Kadın kurabiyeyi adamın elinden kapar gibi aldı ve, 'Aman Tanrım, ne cüretkâr ve ne kaba bir adam; üstelik bir teşekkür bile etmiyor!' diye düşündü.

Hayatında bu kadar sinirlendiğini anımsamıyordu. Uçağın kalkacağı anons edilince, derin bir nefes aldı ve rahatladı. Eşyalarını topladı ve çıkış kapısına yürüdü. Kurabiye hırsızına dönüp bakmadı bile. Uçağa bindi ve rahat koltuğuna oturdu. Daha sonra kitabını almak üzere çantasına uzandı. Birden, gözleri şaşkınlıkla açıldı. Gözlerinin önünde bir paket kurabiye duruyordu! Çaresizlik içinde inledi; "Bunlar benim kurabiyelerimse eğer; ötekiler de onundu ve benimle her bir kurabiyesini paylaştı!" Üzüntüyle, özür dilemek için çok geç kaldığım anladı.

Kaba ve cüretkâr olan 'kurabiye hırsızı' kendisiydi.

Hayat; bir nefs
uğruna, hep eğlenmek, dalga geçmek,
yalanların arkasına sığınıp güzel olan şeyleri de
kıymetini bilemeyip kullanıp, öldürmek değil ki!
Her şeyi, herkesi aynı kefeye koyup,
mutlu olma şansından vazgeçmemeliyiz.

Nereye kadar... Neden korkuyoruz?
Sevmekten mi? Sevilmekten mi? Nereye kadar
gerçeklerden kaçabiliriz ki... Zaman dediğimiz nereye
kadar? Kaybedene kadar mı? Eğer niyetin kendini tatmin
etmek, kullanmak değilse... Haydi, sen kazan!

Eğer gerçekten seviyorsan, zaman kaybetme.
Zaman derken elimizdekileri kaybediyoruz...
Sevdiğini Söyle! Ve Kazan!
Mutlu olmayı... zamanı sen kazan!..
Bir 'Seni seviyorum,' demek hiçbir şey kaybettirmez,
ama çok şey kazandırabilir.
Bazen bir ömrü bile! Haydi şimdi, en azından
bir telefon edip sesini duy... Kaybedebileceklerini düşün.
Ya da kazanabileceklerini... Niye 'Keşke'ler yerine,
'İyi ki'leri söylemeyelim?..

HAYDİ,
NE DURUYORSUN
HÂLÂ?

Göl Olmak

"Tüm istekler ihtiyaçtan,
dolayısıyla yoksunlukdan,
dolayısıyla ızdıraptan doğar."

Arthur Schopenhouer

Hintli bir yaşlı usta, çırağının sürekli her şeyden şikâyet etmesinden bıkmıştı. Bir gün çırağını tuz almaya gönderdi. Yaşamındaki her şeyden mutsuz olan çırak döndüğünde, yaşlı usta ona, bir avuç tuzu, bir bardak suya atıp içmesini söyledi.

Çırak, yaşlı adamın söylediğini yaptı ama içer içmez ağzındakileri tükürmeye başladı.

"Tadı nasıl?" diye soran yaşlı adama öfkeyle, "Acı!" diye cevap verdi. Usta gülümseyerek çırağını kolundan tuttu ve dışarı çıkardı. Sessizce az ilerdeki gölün kıyısına götürdü ve çırağına bu kez de bir avuç tuzu göle atıp, gölden su içmesini söyledi. Söyleneni yapan çırak, ağzının kenarlarından akan suyu koluyla silerken, yaşlı adam aynı soruyu sordu: "Tadı nasıl?"

"Ferahlatıcı," diye cevap verdi genç çırak.

"Tuzun tadını aldın mı?" diye sordu yaşlı adam.

"Hayır," diye cevapladı çırağı.

Bunun üzerine yaşlı adam, suyun yanına diz çökmüş olan çırağının yanına oturdu ve şöyle dedi:

"Yaşamdaki ızdıraplar tuz gibidir, ne azdır ne de çok. Izdırabın miktarı hep aynıdır. Ancak bu ızdırabın acılığı, neyin içine konulduğuna bağlıdır. Izdırabın olduğunda yapman gereken tek şey ızdırap veren şeyle ilgili hislerini genişletmektir. Onun için sen de artık bardak olmayı bırak, göl olmaya çalış."